西班牙語翻譯實務學

在翻譯了100部西語電影之後

文藻外語大學歐亞語文學院院長．
西班牙語文系教授
—林震宇博士（Dr. Carlos Chen-Yu Lin）著—

眾人跑給牛追的瘋狂西班牙奔牛節（p.22）

西班牙燉飯（p.22）

西班牙水果酒（p.22）

西班牙馬鈴薯蛋餅（p.22）

西班牙油條配巧克力醬（p.22）

最受觀光客青睞的奎爾公園（p.23）

佛朗明哥舞蹈表演（p.23）

《請你不要告訴任何人》（1999）（p.28）

《昨天的事我已不記得了》（1999）（p.28）

《抓狂酒吧》（p.52）

《神秘高峰會》（p.52）

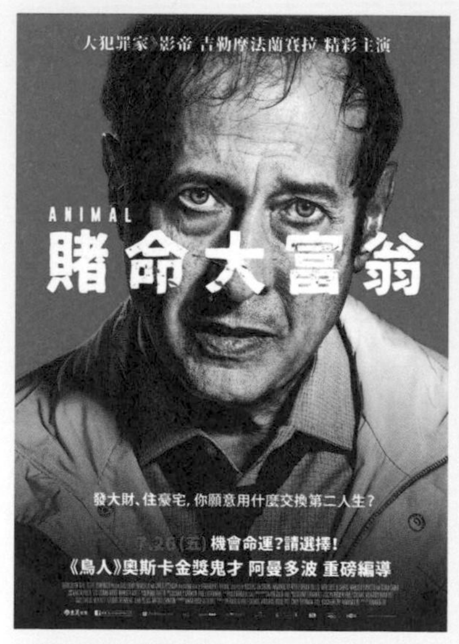

《賭命大富翁》（p.52）

《非甜蜜生活》（p.52）

（以上四張電影海報由東昊影業公司提供）

2011 年首次擔任高雄電影節西班牙短片導演的逐步口譯員（p.134）

2011 年高雄電影節頒獎典禮（p.134）

《世界電影》雜誌對導演凱克・麥尤以及電影《EVA 奇機世界》有完整深入的報導（p.134 ～ p.137）

2012 年高雄電影節開幕典禮，導演凱克・麥尤為大來賓（p.134 ～ p.137）

在不同場合擔任導演凱克・麥尤的逐步口譯人員（p.134 ～ p.137）

在 2012 年高雄電影節的頒獎典禮擔任玻利維亞導演基羅・魯索的口譯（p.137 ～ p.138）

智利導演阿瓦洛・穆謬斯的映後座談（p.138 ～ p.139）

哥倫比亞導演海梅・曼立奎與璜・瑪奴爾・貝坦克爾的映後座談（p.138 ～ p.139）

在哥倫比亞，舉起雙手比出小指是代表好運（suerte）的意思（p.138 ～ p.139）

委內瑞拉女導演巴德莉西亞·
歐德嘉外表前衛且親和力十足
（p.139 ～ p.140）

墨西哥女性導演莉拉·阿比雷斯受到現場觀眾與媒體的厚愛（p.140～p.141）

目次

Capítulo 5

Capítulo 6

前言

全球化的結果使得各國之間不同文化的交流日益頻繁，而電影是文化的重要一環，也是認識一個國家風俗民情與社會現況的主要媒介。近年來在台灣有越來越多的西語影片出現在不同的國際影展及影音市場，儘管各種語言的影片各自精彩，但我仍對西語影片情有獨鍾，那是因為我自 18 歲起接觸西文至今，感覺與西語相關的一切已是我生命中的重要一環。而對不熟悉西班牙語的觀眾而言，唯有透過中文字幕才能有效地了解影片的內容以及導演所欲傳達之訊息。提到翻譯，不論是筆譯或口譯，譯者所扮演的都是橋樑的工作，也就是將演說者、作者或是導演的訊息有效地傳達給聽眾、讀者或觀眾。而相較於文學翻譯工作，電影字幕翻譯無論在時間與空間上都有更多的限制，看似較簡單，但其實不然。因此對譯者而言，如何在有限的時間與空間內，將兩種語言盡量做到精確無誤的轉換，實為一大挑戰。這不僅考驗譯者的時間管理功夫，同時也考驗譯者在文字涵義與文化轉換上的功力。

在台灣上映的外語電影幾乎都會配上中文字幕，因為根據台灣電影法第七章第二十三條：「輸入之外國影片在國內作營業性映演時，應改配國語發音或加印中文字幕。」其中字幕一詞是指翻譯電影或電視等影視溝通資訊時，所使用的訊息溝通方法之一。字幕除了能幫助觀眾了解劇情，不要誤解劇情，它同時也能輔助聽力不足的觀眾，這當中包含了外語能力不佳的觀眾以及聽障人士。

字幕最早使用於1929年，通常使用於影視作品的對話翻譯，用途是讓不懂源語的觀眾，能透過目標語了解劇情內容與角色對白。好的電影字幕翻譯能讓一部作品有錦上添花的效果，而不適當的字幕翻譯則足以讓一部好電影的光彩減分，降低觀眾的觀影意願。然而，由於電影字幕翻譯並非由原劇組團隊所製作，理論上不能算是電影的一部分，但對於無法掌握源語的觀眾而言，電影字幕在觀影過程中卻又有穿針引線的效果，扮演極重要的角色，因此是不可或缺的存在。

我自2011年起到目前為止共翻譯了102部電影，這當中除了西班牙電影之外，還包含了墨西哥、哥倫比亞、阿根廷、古巴、智利、烏拉圭、巴拉圭、委內瑞拉、尼加拉瓜、秘魯、玻利維亞、哥斯大黎加、厄瓜多、義大利等共15國的作品，除了一部義大利影片是將義大利文翻成中文之外，其他的影片都是將西語字幕翻譯成中文。在累積了100部影片的翻譯之後，突然興起了寫書的念頭。儘管我本身並非西班牙語的翻譯學博士而是大眾傳播學博士，但是個人認為翻譯理論固然重要，但自己所擁有的翻譯實務經驗累積亦不容小覷，而且我在進入電影字幕翻譯的領域前，其實在西班牙攻讀博士時從事的是西語文學作品的翻譯工作，再加上這幾年也累積了一些西語電影導演來台的口譯經驗，所以自我期許，應該可以出版西語翻譯學實務的書籍吧。

這十年來，有不少翻譯領域的同好與學生經常詢問我有關西語電影字幕與片名翻譯的種種問題，因此我希望能藉由此書，除了分享這些經驗，同時也可以整理出影視翻譯的一些重點。當然，我也希望此書不僅僅只是對西語影視翻譯的讀者有幫助，更期盼對其他外語的譯者也或多或少具備些參考價值，那將是我最開心的事情。

林震宇

2023.12.11

Capítulo

1 學你所愛，愛你所學：令人無法自拔的西班牙語

我於 90 年代自淡江大學西班牙語文學系畢業，當年讀大學算是種奢侈與多數人的夢想吧，因為每位考生準備了三年（或加上重考一年共四年）就只有一次機會，那就是每年七月初的大學聯考。記得當年全國的大學錄取率只有30%左右，且我大學的同班同學絕大多數是來自於各縣市第一或第二志願的高中，所以有幸進入大學校園，是多麼值得開心與珍惜的事。事隔多年，我依舊對大學四年的生活充滿了回憶，那陰雨綿綿夾雜著陣風或強風的淡水典型氣候，讓我每學期至少得耗掉兩三把雨傘，說好聽是為冬天增添了些許詩意與美意，但對初次北上的我而言似乎是多了一份惆悵、冷靜與孤獨，且因為獨處的時間增加，我開始了自我認識的重要工作。大學四年的回憶多數是正面與美好的，除了結交了一群班上既會讀書又懂得玩樂的摯友外，當時的文館圖書館更像是我第二個家，四年的許多時光都是在那安靜的氣氛中度過。我喜歡圖書館的書香（其實大概就是舊書的味道吧）與安靜、能專心思考的氣氛。在那裡，我除了每天複習課內所學，到了大三、大四偶爾也會拿起館藏的西班牙報章雜誌，翻著傳

統的厚厚字典，似懂非懂地讀著，感覺西班牙語的種子漸漸在腦內生根、成長、茁壯。

至於當年大學聯考為何選擇了西班牙語？我想這個問題不只是以前學西語的同學經常會被問起，就算是現在西文系的學生應該還是經常得回答此問題。我很慶幸在選填大學志願時毫無懸念，簡單說就是想讀英文以外的另一個歐洲語言，因為父親是英文老師，也是更早之前淡江英專的畢業校友（主修英文，也修過西文），所以他也很支持我選擇西班牙語。我一直認為在求知與學習的過程中，「**學你所愛，愛你所學**」是最基本且重要的信念，因此在我大學任教的這 24 年當中，每當學生請我幫忙寫推薦信或詢問我出國要選讀哪一個科系時，我的答案仍始終如一：「讀自己最有興趣的科系，冷門的不見得不好，快樂學習才是王道。」因為興趣會是最強而有力的後盾，也因為有它的支撐，才能在遇到困難時一一克服。

其實我在大三的暑假曾參加當時系上的暑期遊學團，還記得當時搭的是新加坡航空，現在回想起來，有趣但擾人的是當時飛機上的最後幾排是可以抽菸的，甚至到了西班牙，在售票口買遊覽巴士車票時，售票員也會問你是要買吸菸區（fumador）或禁菸區（no fumador）的票，結果一上車才發現禁菸區是在巴士的前半部，而吸菸區則是在後半部，但中間毫無簾子區隔，所以等同全部旅客處於吸菸區，我心想售票時又何必區分呢？

我也還記得當時飛機即將降落馬德里時，同行的同學開始躁動不安，大概就是那種夢想即將成真的雀躍感吧。生平第一次踏上西班牙國土，在馬德里康普頓斯大學（Universidad Complutense de Madrid - UCM）讀暑期語言班，當年在西班牙的亞洲臉孔極少，所以走在路上被多瞧兩眼也是正常的事。大學時期的我對西班牙的一切都如此著迷，所以到了西班牙之後，感覺課本上的圖片一一躍然於眼前。我在馬德里的第一個週末，就跟同學前往北部的潘普洛納（Pamplona）參加奔牛節（San Fermín），在一家台灣人開的餐廳二樓目睹牛追人的驚悚刺激畫面，同時見識到西班牙人浪漫、率直、豪放不羈與勇於挑戰的民族性。

在飲食方面，當時我也喝到了生平第一口的西班牙水果酒（la sangría），吃到了在課本上看過、老師強調到了西班牙一定必吃的西班牙燉飯（la paella）、馬鈴薯蛋餅（la tortilla）、還有西班牙油條配上甜到心裡的巧克力醬（los churros con chocolate）。

第二個週末，我們則前往西班牙的藝術之都巴塞隆納

（Barcelona）。還記得我們一行人從地鐵口走出來一抬頭看到聖家堂（La Sagrada Familia）當下的震撼與感動，震撼的是出自於高第（Antoni Gaudí, 1852-1926）極獨特之曲線建築風格，感動的是出自於我們家族三代的天主教信仰，而那一畫面，至今未曾忘懷。然後我們也造訪了高第融合藝術與童趣的傑作奎爾公園（Parque Güell）、超現實主義大師的米羅（Joan Miró, 1893-1983）美術館、畫風多變的畢卡索（Pablo Ruiz Picasso, 1881-1973）美術館，親眼看見了那些文化課堂上教過的幾幅代表著名畫作。儘管如此，不得不說第一次的西班牙之旅，讓我印象最深刻的還是南部安達魯西亞（Andalucía）的幾個城市：賽維亞（Sevilla）、馬拉加（Málaga）、格拉納達（Granada）、哥多華（Córdoba）。因為安達魯西亞曾被摩爾人統治了六百年之久，因此初到那裡感覺彷彿到了另一個國家，尤其建築方面，跟一般西班牙地區建築風格有許多不同。而那次的南部之行，至今仍記憶猶新的，是在一個古老的酒窖裡欣賞到最傳統與道地的佛朗明哥舞（baile de Flamenco），搶眼的舞衣、淒美的歌聲、特有的吉他伴奏、凌亂中卻帶著規律的舞步，尤其是舞者手中活靈活現的響板，再再讓我對西班牙的歷史與文化深深著迷。

其實當年暑假的西班牙之行，大致就奠定了日後重返西班牙念書的決心。我自台中憲兵隊退役後，先毛遂自薦在YMCA教了半年左右的基礎西班牙文，之後於1995年到西班牙北部的潘普洛納（也就是每年七月份舉辦奔牛節的都市）

的納瓦拉大學（Universidad de Navarra）攻讀碩士學位。90 年代台灣到西班牙念書的留學生大多攻讀文學（西班牙文學或是拉丁美洲文學）與語言學，但秉持著對西語電影的喜愛，我決定申請也順利進入了傳播學院就讀。至於為何對西語電影有興趣？原因是在大學時期有機會在課堂上看了西班牙電影大師阿莫多瓦（Pedro Almodóvar）的幾部影片：1986 年的《鬥牛士》（*Matador*）、1987 年的《慾望法則》（*La ley del deseo*）、1988 年的《瀕臨崩潰邊緣的女人》（*Mujeres al borde de un ataque de nervios*），那是我第一次接觸到西語電影，同時也讓我對西班牙電影的劇情、演出方式、色調、配樂、運鏡、服化、場景感到十分好奇。雖然之後到了西班牙，才知道阿莫多瓦的作品其實在當地評價不一，但無論如何，對當年的我來說，阿莫多瓦的電影就是我對西班牙電影印象的一切，也讓我想對西班牙電影與社會文化的關係有更進一步的了解。

不用擔心別人看不見你，
重點是你是否已經準備好了。

Capítulo 2

從文學翻譯出發（1997-1999）：《請你不要告訴任何人》（No se lo digas a nadie）、《昨天的事我已不記得了》（Fue ayer y no me acuerdo）

雖然當年就讀於傳播學院，但我還是對西班牙與拉美文學有點興趣與好奇。我常對即將前往西班牙就讀的學生說，想提升口語能力與聽力，可以靠結交當地朋友或看電視、聽廣播，但欲加強閱讀能力與增加字彙的最好方法，就是準備一本自己有興趣且用字不會太深的小說當作每晚睡前的「床頭書」。我初到西班牙的前兩年，除了每天在圖書館閱讀當地的兩大報紙《El País》和《El Mundo》，並對有興趣的文章加以影印及剪貼成冊外，我覺得每天睡前閱讀五頁左右的「床頭書」，對提升我的閱讀能力還是非常有幫助。

1995 至 1997 年我的確閱讀了不少西語小說，這當中包含了西班牙與拉丁美洲的文學作品。在 1997 年即將完成碩士論文答辯前，除了結交了一群西班牙死黨讓我捨不得離開之外，也覺得自己在傳播（尤其電影）方面還想再習得更多專業知識，因此起了留下來繼續攻讀博士的念頭。在與父母溝通之後，他們終於答應，直到現在我仍非常感謝他們。就在 1997 年確定要留下來讀博士前，我突然很想做點其他留學生沒嘗試過的事情，也順便考驗一下自己的能力，就是把那兩

年看過的西語文學作品翻譯成中文。當時我選了四本閱讀過的小說帶回台灣，心想也許可以跟出版社談談，只不過沒想到這一時興起的念頭，回台灣後真的找到願意與我合作的出版社。

大概因為我的個性屬於行動派，有想法就付諸行動，失敗了則重新再來，所以我在 1997 年 10 月回到台灣後便開始找尋我的伯樂。當年我採用了土法煉鋼的方式找尋合適的出版社（因年代不同，或許現在的年輕讀者會覺得無法想像，甚至不可思議），之所以如此，一方面是因為 90 年代的網路仍不普遍，二來可能是我個人還是習慣用紙筆的傳統方式做事。記得當時我走進某家金石堂書店，直接走到「世界文學」的書櫃前，抄下當時有出版外國文學的出版社，一共寫下了八家出版社的電話與地址，然後一一用路邊的公用電話與他們聯絡，前面七家都拒絕我，而理由大致如下：今年度的出版計畫大致已排定好了、目前沒有出版西語文學作品的打算、西語文學作品的市場與讀者非常有限、我們出版社沒有懂西語的人可以幫忙審校你的譯稿。其實這些答案在我打電話之前大致都猜想過，所以也都欣然接受了。然後在打給第八家、也是最後一家出版社前，我告訴自己，如果沒有出版社願意合作也沒關係，反正接下來回西班牙後的博士班課程應該會很忙碌，於是我將最後希望投注在紙上的最後一家出版社－城邦出版集團的麥田出版社。

電話那頭的那位陳先生並沒有一開始就拒絕我，而是耐心地聽我說完，並且還希望我帶著手中的小說到辦公室跟他談談。1997 年的城邦出版集團在台灣出版業界有其地位與指標性，沒想到電話中的那位陳先生就是麥田出版社的創辦人兼總編輯陳雨航先生。陳先生本人很客氣，對當年才二十多歲的年輕人也很有耐心，仔細聽完我敘述那幾本小說的內容與作者簡介後，他語重心長地告訴我，麥田出版社的確有興趣出版拉美文學的作品，雖然他知道這些小說未來應該只有機會一刷（其原因有三：一是台灣讀者對西語小說有興趣的應該不多，畢竟西班牙文是小眾語種，二是作者本身是新生代作家且知名度不高，三是這些小說的主題屬於非主流路線，一般讀者的接受度恐怕不高），但最後他還是秉持自己對麥田出版社的經營理念，選擇了其中兩本，並給我一星期的時間試譯 1000 字，看看我的文字功力與翻譯的流暢度。而所選中的，剛好是當年在西班牙銷售成績不錯的秘魯新生代作家海梅．巴以利（Jaime Bayly）的前兩部作品：《請你不要告訴任何人》（No se lo digas a nadie, 1994）以及《昨天的事我已不記得了》（Fue ayer y no me acuerdo, 1995）。

看過試譯稿後，陳先生給了我一些還不錯且中肯的評語（很可惜我找不到他當年給我的手稿了）並敲定簽約日期，我答應陳先生一年後帶著兩本書的譯稿回來台灣找他。就這樣，我 1997 年 10 月底帶了 20 本厚重的稿紙（每本 100 張，每張 600 字，現在大概很少人在使用了）回到西班牙，開始了博士班第一年的繁重課業與每日充實的翻譯人生。這幾年在學校教翻譯課時，有時會使用這兩本小說的部分章節當作課堂教材供同學們練習，每每再拿起這兩本中文譯作時，總忍不住感慨萬千，真不知道 20 多年前的自己是如何辦到的。我指的如何辦到，是因為這兩本譯作加起來近 1000 頁，當中的每字每句都是我親手寫下，而不是用電腦打字，且當時翻錯或寫錯字，就只能用立可白修正（當年也沒有立可帶），而現在光想到要我重新用電腦打出這些中文字就頭疼，更何況當年是用筆一橫一豎地寫下，也難怪寫到中指起繭。

其實現在回想起那段每天翻譯的歲月，真的是五味雜陳。週一到週五因為要上課，所以平均每天只能翻譯 3 至 4 小時，週六與週日則盡可能推掉朋友的邀約（吃飯、看電影、夜生活），每天可以翻譯 6 至 8 小時。照理說，生活在課業、報告與翻譯的壓力下應該覺得疲憊，但當時似乎又覺得還好，我想除了年紀輕、體力好以及肩負使命感外，應該是因為做到一件自己有興趣又想把它做好的事情而感到開心的緣故吧！其實這兩本書並不會太難翻，主要是人物的對話多，作者又不炫技使用過度艱深的文字。儘管如此，翻譯的過程仍遇到不少困難，首先因為我是用手寫稿的方式，因此在下筆之前必須先反覆思考才能避免之後的塗改，另外花我較多時間的是秘魯的西文詞彙與我在西班牙所學的西文詞彙其實有不少差異（儘管同屬於拉美的國家，各國仍有各自常用的詞彙與表達方式），但還好當時我博士班的同學中，剛好有一位秘魯記者，因此我可以從他那裡得到正確的資訊。

記得在麥田出版社簽約時，陳先生告訴我，通常外國文學作品翻譯成中文後字數會變多，而且可能會多很多，當時仍是翻譯新手的我聽在耳裡不禁有點存疑，沒想到一年後，當我翻完這兩本書，才發現前輩的經驗談是真的。以《請你不要告訴任何人》為例，原文是 358 頁，翻譯成中文後是 588 頁，再以《昨天的事我已不記得了》為例，原文是 317 頁，翻譯成中文後是 397 頁。除此之外，說真的，翻譯文學作品是件不容易的事，我指的是時間的投入。像是如果譯者本身有正職工作，再接下一本厚重且內容不易的文學作品，那麼翻譯工作壓力會非常大，因為除了有交稿期限，如果剛好個人或家裡又有事而導致一段時間無法翻譯的話，壓力就更大了。約莫 10 年前，也有出版社與我接洽譯書的可能性，但當時忙著學校的升等，實在沒有把握能把事情做好，雖然出版社後來也提出與另外一位譯者合譯，並表明他們會負責找另一位譯者，但我幾經思量後仍婉拒了，因為每位譯者有各自的文采，合譯完之後需要統整與修飾，到時恐怕會花更多時間。

這幾年偶爾聽朋友調侃我，說我自從做了電影字幕翻譯之後就不做文學翻譯了，是不是因為電影字幕翻譯比較好賺？其實不是。對我而言，翻譯工作是興趣，酬勞考量雖重要，但真的是其次。現在從事翻譯工作，時間是我最大的考量，字幕翻譯所需的時間較短，比較是我能夠做得好的；而一部文學作品的翻譯動輒需要半年以上的時間，在工作與陪伴家人之餘，實在沒把握能把書翻譯好。儘管如此，日後若有機會，我還是願意再回去做文學翻譯，因為它的成就感，會比電影字幕的翻譯來得大。

Capítulo 3

西班牙看電影、學電影、分析電影的日子

其實在大學聯考完選填志願時，除了想學歐洲語言之外，我也對大眾傳播相關科系很有興趣，所以在申請西班牙研究所時選的就是傳播研究所。我從小學起就對廣播節目特別有興趣，國中階段也喜歡把自己喜愛的廣播節目錄在卡帶中不斷重複播放，甚至也會和朋友充當電台主持人錄製節目，以上當然都純屬娛樂性質。還記得研究所第一年修了一門「廣播節目製作課」，由於90年代電腦在西班牙校園中仍不普及，同學們上這門課都得自己準備一台打字機以供課堂即時打報告。當時我也跟一位西班牙友人借了一台打字機，每星期二下午就提著重重的打字機走20分鐘到學校，而上課方式就是聽完老師播放的10分鐘廣播新聞後，必須融會貫通立刻用自己的文字打出摘要，再匆匆忙忙分組進錄音間，將摘要錄製成廣播新聞。坦白說，這堂高壓課在當時的確讓我害怕每週二的到來。

另外一門具高度挑戰性的課是「電影美學與評論課」，當時同學們都口耳相傳，說授課老師本身拍片功力很強，雖然上課嚴格，算是個殺手級的老師，但真的可以學到很多，

後來硬著頭皮去上課後，才發現的確又是一門讓人戰戰兢兢的課。這堂課是每次下課前，老師會播放一段 15 分鐘左右的影片，而且以早期的黑白片居多，然後再按照老師指引的方向進行分析，到了隔週，每當老師將作業發還給同學時，就會聽到哀號遍野的聲音，因為絕大多數同學拿到的成績都是 C 或是 C+，少數能拿到 B- 或是 B 的同學已經算很厲害了。而一學期下來，我也終於從期初的 C，慢慢進步到期末的 B- 了，也是因為這門課，開啟了我在西班牙看電影、學電影以及分析電影的日子。

為了希望能順利通過這門課，我開始每週進兩次電影院。當時西班牙的電影院每星期三是「觀眾日」（Día del espectador），票價都是平日的一半，所以每週三晚上就是我進電影院自我訓練的時間；另外，當時的潘普洛納（Pamplona）還有一個播放二輪片的電影院，而那裡也是我每週必造訪的地方。我記得我在潘普洛納看的第一部影片是當時好萊塢的大作，由凱文．科斯納（Kevin Costner）主演的《水世界》（*Waterworld*），不過在西班牙那幾年，影響我最深的還是那許許多多精彩出奇的西班牙影片。

此外，當年讓我印象深刻的還有在西班牙無論是電影院或電視上的電影，只要是外國影片都會使用西文配音。我記得 1997 年享譽國際電影的《鐵達尼號》（*Titanic*），不但刷新了許多票房成績，也捧紅了李奧納多・狄卡皮歐（Leonardo DiCaprio）以及凱特・溫斯蕾（Kate Winslet），但因為當時在西班牙聽的都是配音，所以我是在回到台灣之後，才有機會真正聽到這兩位演員真正的聲音。此外，我也是在之後回到台灣繼續研究電影字幕翻譯與電影配音時，才知道許多歐洲國家在面對好萊塢等外國影片都會選擇使用配音，因為他們認為，若使用出現在螢幕下方的字幕，觀眾的視線將自動游移於畫面與字幕之間，如此一來，將無法盡情享受看電影的樂趣，也可能會忽略畫面中的重要訊息。

至於我的電影啟蒙大師阿莫多瓦（Pedro Almodóvar），此時對我來說漸漸地已不是唯一，而且剛好我個人也比較偏好他 80 年代的影片甚過於他 90 年代的作品。很多人都認為 1995 年《窗邊上的玫瑰》（*La flor de mi secreto*）是阿莫多瓦拍片生涯的分水嶺，在那之後，他變得內斂了，也變得沉穩了，雖然在拍片上個人風采依舊不減，但手法變得不那麼具攻擊性，影片也開始由探討外在問題轉為內心層面，所以我個人並沒有那麼喜歡他後期的作品。對於一個導演，轉變是必然的，成長是勢必的，但我還是喜歡他 80 年代影片的獨樹一格，因為那些作品原創性十足、用色大膽、主題屢屢創新甚至是光怪陸離，且對當時社會極具批判性，尤其用許多正面迎擊或是隱喻的方式加以諷刺佛朗哥將軍（General Franco）獨裁時期遺留下來的亂象，所以引人入勝。當然，這樣的創作也跟他的成長過程有關：像是他中學時被他的文學老師（同時也具神父身分）性侵，以及佛朗哥因害怕媒體的影響力而關閉當時在馬德里也是全國唯一的電影學校，使阿莫多瓦喪失了學電影的機會。那個時候的教會與警察是佛朗哥極權的左右護法，教會甚至掌握了對所有媒體（報章雜誌、書籍、廣播電台、電視節目、電影）的審查權。只可惜，當時的我因課業壓力大，又急著訓練自我把作業寫好，導致後來有天頓時發現，自己在看電影的過程中，已不再像以前那般放鬆享受，而是已經默默地在練習分析內容了。幸而所謂一步一腳印，我對電影的分析能力，就是當時那樣慢慢累積、磨練出來的。

在西班牙求學的那幾年，我除了持續關注阿莫多瓦的動態以及為他 2000 年以《我的母親》（*Todo sobre mi madre,* 1999）[1] 一片榮獲奧斯卡金像獎最佳外語片獎而感到興奮之外，也注意到西班牙另外兩位天才導演：亞歷山卓．亞曼納巴（Alejandro Amenábar）以及艾利克斯．德．拉．伊格萊西

1 《我的母親》是阿莫多瓦第二次入圍奧斯卡金像獎最佳外語片獎的作品，第一次是 1989 年以他前一年的作品《瀕臨崩潰邊緣的女人》（*Mujeres al borde de un ataque de nervios*）首次入圍，雖然那一次未獲獎，但倒是讓世人注意到這位潛力十足的西班牙導演。

亞（Álex de la Iglesia）。

1972 年生於智利首都聖地牙哥的亞曼納巴，在一歲多時就因政治因素隨著父母親移民西班牙[2]。亞曼納巴算是少年得志，2005 年他以《點燃生命之海》（*Mar adentro*）一片首次入圍奧斯卡並一舉拿下最佳外語片的小金人，當年他才 33 歲，以得獎年紀而言，絕對是跑在阿莫多瓦的前面。這部根據拉蒙．桑貝德羅（Ramón Sampedro）的真實人生遭遇改編而成的影片的確在西班牙造成轟動與熱烈討論，影片中對安樂死與教會之間的拉扯多有著墨，而影片中各個演員的演技也讓人讚嘆，更將男主角哈維爾．巴登（Javier Bardem）直接推向國際影壇。另外，亞曼納巴 1997 年的《睜開你的雙眼》（*Abre los ojos*）也直接紅到好萊塢，還讓湯姆．克魯斯（Tom Cruise）買下翻拍版權，之後於 2001 年以《香草天空》（*Vanilla Sky*）問世，且同樣在美國創下票房佳績。儘管如此，我個人還是最推崇亞曼納巴的兩部作品：1996 年他的首部長片《死亡論文》（*La tesis*），以及 2001 年的《神鬼第六感》（*The Others*）。在這兩部同屬懸疑、推理、外加驚悚的影片中，導演亞曼納巴非常善於故布疑陣，片中雖沿路留下諸多線索，但卻不斷誤導觀眾，不到最後關頭，實在無法知道故事的真相。

2　1973 年智利的軍事獨裁者皮諾切特（Augusto Pinochet）在美國的暗中協助下發動軍人政變，並順利奪取政權當上總統。自那之後，他開始肅清前總統阿言德（Salvador Allende）的支持者，導致國家政局大亂，許多智利人紛紛出走移民國外，而亞曼納巴全家就是在當時移民西班牙，並從此定居於馬德里（Madrid），所以他算是智利人，同時也是西班牙人。

與亞曼納巴相比，另外一位值得讓人崇拜的導演是 1965 年出生於西班牙北部畢爾包（Bilbao）的艾利克斯·德·拉·伊格萊西亞。這位身兼導演與漫畫家身分的鬼才經常不按牌理出牌，偶爾喜歡在作品中注入怪物的角色，但在這些超現實元素加持下的劇情卻又極度寫實。1995 年他以個人生平第二部長片《瘋狂救世主》（*El día de la bestia*）在西班牙造成轟動與票房佳績，並一舉拿下哥雅獎（Premios Goya）[3] 的最佳導演獎項，而此片在 2012 年的台北金馬奇幻影展也有放映，字幕剛好也是由我負責翻譯，每次能翻譯到偶像導演的作品都會讓我興奮不已。伊格萊西亞最擅長的莫過於用詼諧嘲諷的方式，將人性的黑暗面一層又一層直接攤在陽光下檢視，而死亡與謀殺更是他最擅長發揮的題材，我個人也同意他真的是暴力美學的最佳體現者。以 2017 年的《抓狂酒吧》（*El bar*）為例，伊格萊西亞便很成功地將小小的酒吧投射成為整個馬德里社會的縮影，裡面八個不同職業的角色代表著不同社會階層的人，當面臨生死關頭時，每個人善與惡的本性便被激發出來，無所遁形，而這部影片也是我在學校電影課中必播放與討論的作品。

3 哥雅獎（Premios Goya）是西班牙國內最重要且最具代表性的電影獎項，由西班牙藝術與電影學院（Academia de las Artes y las Ciencias Cinematográficas de España）於 1987 年首次於馬德里舉辦，每年舉辦一次。而哥雅獎座是一個小型的銅製弗朗西斯科．哥雅（Francisco Goya）的半身雕像。

Capítulo 4

我的電影字幕翻譯人生與合作過的各大國際影展與影音公司（2011-2022）

在這章，我將介紹這 12 年來合作過的六大國際影展與幾家影音公司，以及西班牙電影與拉美國家電影的翻譯經驗比較。

首先，這些合作過的單位規模雖不盡相同但卻各有特色，在不同時間與不同城市，默默為國人引進各種主題與類別的外國影片，讓電影愛好者能從年初到年尾打開不同視窗與增進多元文化之陶冶。許多朋友或學生會問我，為何在院線片中看不到這些西語影片？的確，影展的作品不見得會在戲院播出，或許應該說大部分的影展片子都不會在一般電影院播出，除非那部影片在台灣的賣座很好或是受到影評人以及影音公司的推崇與青睞，這時候影音公司才可能進一步去談版權與後續上映之事宜。另外，不得不說，在全球自 2019 年年底慢慢受到 COVID-19 疫情的影響下，國內除了旅行業、飯店業與餐飲業受到衝擊外，影展單位與電影院也都是受災戶，具體的情況像是有些影展直接被取消、延期或是改以線上方式舉行，且基本上國外導演都無法親臨台灣與現場觀眾進行映後座談，暢談自己的創作理念。三年的疫情其實改變了不

少國人的消費習慣，當然觀影行為也在其中，原本不追劇的人因為無法進電影院，或政府開放後仍害怕進電影院而開始追劇，但在疫情接近尾聲時，追劇習慣已經養成，所以進電影院的次數也逐漸變少了。另外，疫情期間因為國內外的拍片量都大幅縮減，導致電影院不得不將以前的經典賣座好片重新整理拿出來再次播放，但這些過往的佳片票房如何，我想大家應該都心裡有數。

（一）各大國際影展與影音公司

1. 金馬國際影展（台北金馬影展）

創立於 1980 年，固定於每年 11 月至 12 月在台北舉行的金馬國際影展，是台灣規模最大、歷史最悠久的國際影展，不但是國人接觸世界各國優秀電影人與傑出電影的最佳平台，多年來在業界也一直擁有指標性的龍頭地位。台北金馬影展除了身為華語電影的重要推手，每年同時也引進大量的國際電影，觀眾不只可以欣賞到坎城影展、柏林國際影展、威尼斯影展、多倫多國際影展、鹿特丹影展、日舞影展等西方國家的得獎影片，近年來金馬國際影展也積極發掘日本、韓國、泰國、中國、香港、印度等亞洲國家的好電影，可說是全方位與多面向發展。

金馬國際影展之所以受到國人矚目，當然也跟一年一度讓國人引頸期盼的「金馬獎頒獎典禮」有關。將影展與頒獎典禮安排在相近的日期的確有相互拉抬聲勢的效果，不但比較容易受到矚目，也能間接刺激票房。在國內各大影展中，金馬國際影展的影片量應該算是最多的，而且每年幾乎都會引進西語影片，以 2012 年為例，更設有「拉丁狂熱」的專門單元，其中包含了 11 部西語影片讓觀眾能大飽眼福，智利、墨西哥、哥倫比亞、古巴、阿根廷、烏拉圭等國的精采好片一次盡收眼底。

截至目前為止，我與金馬國際影展合作共翻譯了 22 部西語影片，其中個人最喜歡的影片有：阿根廷影片《我的雙面童年》（*Infancia clandestina*, Benjamín Ávila）、哥倫比亞影片《夢遊亞馬遜》（*El abrazo de la serpiente*, Ciro Guerra）、阿根廷影片《超榮譽市民》（*El ciudadano ilustre*, Mariano Cohn 與 Gastón Duprat）、秘魯影片《安地斯噤戀》（*Retablo*, Álvaro Delgado-Aparicio）。其中幻境與真實交疊的雨林史詩片《夢遊亞馬遜》更獲得第 88 屆奧斯卡金像獎最佳外語片的提名，雖然很可惜最後由匈牙利的《索爾之子》（*Son of Saul*）獲獎，但對哥倫比亞的電影工業而言，已是莫大的肯定與鼓勵。

2. 金馬奇幻影展

金馬奇幻影展是台灣首次以「奇幻」為名的主題影展，自 2010 年創辦至今，固定每年 3 月至 4 月在台北舉行，是全台主題最鮮明也是滿座率最高的影展，應該也算是我個人的最愛。影展挑選的影片內容多元多變，涵蓋科幻、恐怖、驚悚、歌舞、喜劇、動畫以及愛情，帶領影迷敞開心房，探索自我想像的極限空間。

其實全球舉辦奇幻影展的國家不少，以西班牙為例，位於加泰隆尼亞的美麗沿海小鎮 Sitges（錫切斯）於每年 10 月也會固定舉辦全球最大的奇幻影展－錫切斯影展（加泰隆尼亞語：Festival Internacional de Cinema Fantàstic de Catalunya；西班牙語：Festival de Cine de Sitges）。錫切斯雖然只是個小鎮，但這個影展是全球最大的奇幻影展，同時也展現出濃濃的加泰隆尼亞特色與文化，因此受到矚目。此影展源於 1968 年的「國際奇幻及驚悚電影週」，發展至今已成為奇幻電影愛好者必走訪的朝聖地，每年都會吸引電影界的重量級人物、導演、製作人參與。

話題回到金馬奇幻影展。雖然金馬奇幻影展的西語片不像金馬國際影展那麼豐富，但以 2012 年為例，當年的焦點導演（Filmmaker in Focus）正是之前提過的西班牙黑色電影（cine negro）大師艾利克斯．德．拉．伊格萊希亞（Álex de la Iglesia），當年在台灣一次就上映了他的 6 部作品，而貫穿於他作品中的元素，正是人性的黑暗面、死亡與謀殺。相較於金馬國際影展，金馬奇幻影展的西班牙影片較多，而拉美影片則較少。

截至目前為止，我與金馬奇幻影展合作共翻譯了 15 部西語影片，其中個人最喜歡的影片有：西班牙影片《幸不幸由你》（*La chispa de la vida*, Álex de la Iglesia）、西班牙影片《你快樂，所以我不快樂》（*Mientras duermes*, Jaume Balagueró）、西班牙影片《凌刑密密縫》（*Musarañas*, Juanfer Andrés）、西班牙影片《命運小說家》（*El autor*, Manuel Martín Cuenca），其中《你快樂，所以我不快樂》與《凌刑密密縫》真可謂驚悚題材中的經典之作。而在這 15 部影片中，讓我印象最深刻的是 2019 年時所翻譯的一部長達 15 小時的阿根廷超長片《花系列》（*La flor*, Mariano Llinás），影片共分六集，在翻譯過程感覺自己像是跑了一趟影片翻譯的馬拉松，過程雖累不可支，但在交稿時卻也擁有前所未有的成就感。

3. 台北電影節

固定於每年 6 月至 7 月在台北舉行的台北電影節，其前身為 1988 年由中時晚報所創立的「中時晚報電影獎」，1994 年起更名為「台北電影獎」，分為商業映演類及非商業映演類；自 1998 年起，台北市政府加入主辦行列，並於 1998 年起合併中時晚報電影獎的競賽方式，並以國際影展的方式舉辦而成為「台北電影節」。2002 年至 2015 年之間，台北電影節更以「主題城市」為影展特色，一年選定一或兩座城市為主題城市，介紹以該城市為主題的電影，同時藉由一系列的電影放映、展覽、座談及各式活動，帶領觀眾認識每年主題城市的電影、歷史及文化，像是 2004 年台北電影節的主題城市就是西班牙的馬德里與巴塞隆納。

身為亞洲的重要影展之一，台北電影節將自己定位為支持台灣電影創作，促進國際電影交流，擴展本地觀影視野及深化影像教育。至於活動方面，目前台北電影節主要由兩大競賽單元「國際新導演競賽」與「台北電影獎」以及觀摩單元所組成。其實若談起將電影與城市影像結合，那伍迪・艾倫（Woody Allen）應該就是箇中高手了，以《安妮霍爾》（*Annie Hall*）贏得第 50 屆奧斯卡金像獎最佳影片與最佳導演殊榮的伍迪・艾倫，其實也拍過一系列以城市為主軸的浪漫愛情片：《情遇巴塞隆納》（*Vicky Cristina Barcelona*）、《紐約遇到愛》（*Whatever Works*）、《午夜巴黎》（*Midnight in Paris*）、《愛上羅馬》（*To Rome With Love*），其中的《情遇巴塞隆納》就是以巴塞隆納的市區與近郊的知名景點為背景，再融合三人交錯複雜的愛情與友情關係，算是一部成功行銷城市形象的作品，相信許多人也是因為觀賞完此部影片後，才決定實際走訪一趟巴塞隆納，並踩點在劇中出現的重要景點。

截至目前為止，我與台北電影節合作翻譯了 19 部西語影片，其中個人最喜歡的作品是：委內瑞拉影片《直不了的男孩》（*Pelo malo*, Mariana Rondón）、智利影片《殺人小事》（*Aquí no ha pasado nada*, Alejandro Fernández Almendras）、阿根廷、法國、瑞士合製影片《沉默代號 Azor》（*Azor*, Andreas Fontana）、西班牙影片《獄見妳，愛上你》（*Josefina*, Javier Marco）。其中《沉默代號 Azor》是一部以西文為主、法文為輔的影片，這樣雙語的翻譯在我從事電影翻譯的生涯中，也算是個難得的經驗，因為在翻譯法文腳本時必須仰賴英文字幕，其實所有發片單位提供給譯者的影片，都是已經上了英文字幕的版本。早期是將試看光碟片寄到家裡，近幾年都直接給譯者影片的連結與密碼供下載，且都會有下載的時效性。此外，值得一提的是《直不了的男孩》這部影片，英文片名為《*Bad Hair*》，中文的片名翻譯《直不了的男孩》完全採用「意譯」策略（之後的章節會提到），翻得恰如其分，也譯出了影片中的精隨。

4. 高雄電影節

創辦於 2001 年的高雄電影節，為南台灣年度最大的影視盛會，固定每年 10 月至 11 月在高雄舉行，由高雄市政府文化局與高雄市電影館主辦，是目前僅次於金馬國際影展與台北電影節的台灣第三大影展。

為擴展高雄電影節的國際化，並企圖讓高雄這個城市的影展轉型為大型的國際影展，高雄電影節在發展過程中，決定以發展短片作為影展長期的發展策略與目標，像是於 2011 年起辦理高雄電影節「國際短片競賽」，對全世界徵求 25 分鐘以內不限類型的多元短片即最佳佐證。除此之外，高雄電影節也積極與國際影展進行結盟，包含 2011 年起與亞洲最大短片影展「東京國際短片影展」（ショートショート フィルムフェスティバル & アジア）合作，使高雄電影節更受到國際重視。經逐年發展後，高雄電影節終於發展出自己的特色，其短片競賽收件量年年突破，目前已成為亞洲僅次於東京國際短片影展的短片競賽影展。另外值得一提的是，近年來高雄電影節還發展出「高雄拍」這個特色，其目的為鼓勵國內電影人來高雄拍片，藉以宣傳在地高雄文化；而自 2017 年起新增 VR 影展單元，2019 年更名為「XR 無限幻境」，為國內最大沉浸式體驗影展單元。

截至目前為止，我與高雄電影節合作翻譯了 20 部西語影片，包含了 7 部長片與 13 部短片。高雄電影節的策展人黃皓傑先生曾跟我提到，因為短片競賽是他們的特色與重點，因此的確引進較少的西語長片，但對我而言，卻也是在協助翻譯短片的過程，才有機會逐漸領悟到短片的美好與精彩，和體會到短片拍攝之不易，因為所有的想法與重點，都必須在短時間內盡可能呈現。在與高雄電影節的合作中，我個人最喜歡的西語作品是：西班牙影片《小鎮狼人變變變》（*Lobos de Arga*, Juan Martínez Moreno）、巴拉圭影片《維多快跑》（*7 cajas*, Juan Carlos Maneglia）、西班牙影片《追心披頭四》

（*Vivir es fácil con los ojos cerrados*, David Trueba）。此外，我在高雄電影節與台北電影節中，也曾經擔任了不同國家導演的口譯工作（西班牙、玻利維亞、智利、哥倫比亞、墨西哥、委內瑞拉），這部分會在之後再次提到。

5. 台灣國際女性影展

由台灣女性影像協會於 1993 年創辦的「台灣國際女性影展」是台灣歷史最悠久的議題性影展，也是國內繼金馬國際影展之後第二歷史悠久的國際影展。此全亞洲第一個聚焦女性的影展每年 10 月在台北盛大開幕，由策展人及選片團隊共同選出近百部具女性意識的優秀作品，其目的在於推廣女性導演及以女性視角為主的影像創作，透過影片映演及相關活動建構國際交流平台，並為國內觀眾引進具有時代意義、性別思潮的優秀國片及外語片。除影展外，協會更將觸角擴及書籍刊物出版，以及 DVD 發行等業務，並於 2009 年起系統性擴充網站資料庫，除提供各界所需之教育資源外，也豐富國內女性電影理論與性別研究論述。近年來更著手辦理紀錄片培訓營，期望透過鏡頭執掌轉移，推動公民傳播賦權並提升大眾媒介素養。

既然身為一個推動女性導演作品為主的影展，除了發給譯者的影片全部都是與女性意識相關的影片外，連影片的翻譯也有一定的原則。例如我在 2011 年剛開始從事影片翻譯時，所有影展對於「你」這個字都有規定，希望能按照片中實際人物的性別翻成「你」或是「妳」，但幾年後所有的影展都已簡化為：對白中的你，除有宗教指涉可使用「祢」外，各種性別皆使用中性之「你」，非必要時請盡量不要使用「您」；使用「他」則視對象與原文使用「他」、「她」、「它」或「牠」等。然而直至目前為止，唯獨「台灣國際女性影展」仍堅持應視實際狀況將劇中角色翻成「你」或是「妳」，我覺得其實這樣也很好，很堅持影展自己的原則同時也符合自己的特色，譯者們只要遵循翻譯規則即可。

說到性別的翻譯，其實國際間許多語言都還是以男性為主，以西班牙文為例，tú 的中文意思可能是陽性的「你」或是陰性的「妳」，而 nosotros 是陽性的「我們」，nosotras 是陰性的「我們」，vosotros 則是陽性的「你們」，vosotras 是陰性的「妳們」。但如果一群人當中包含了一個男生和三個女生，則還是以陽性的 nosotros「我們」與 vosotros「你們」來呈現，除非一群人當中全部都是女性才使用 nosotras「我們」與 vosotras「妳們」來表示。因此在其他影展以及影業公司都已經統一用「你」的情況下，「台灣國際女性影展」仍堅持請譯者依照性別譯為「你」或「妳」，的確非常保有自我的特色。

截至目前為止，我與台灣國際女性影展合作翻譯了 10 部西語影片，而且多數是拉美國家的作品，當中讓我印象最深刻的是：古巴影片《媽媽的大兒子》（*Casa blanca*, Aleksandra Maciuszek）、厄瓜多影片《長夜驚魂》（*La mala noche*, Gabriela Calvache）、墨西哥影片《噤聲電台》（*Silencio Radio*, Juliana Fanjul），尤其《媽媽的大兒子》描述的是一位年邁的母親與弱智的兒子如何在社會底層中努力求生存，最讓我感動。而在該片的翻譯過程中，也遇到一些類似當地繞口令的腳本，這時候就需要思考一下該如何做文化轉換，改以中文比較童趣的繞口令來呈現。

6. 台灣國際紀錄片影展

每兩年舉辦一次的「台灣國際紀錄片影展」，強調的是獨立觀點、創意精神與人文關懷，鼓勵對紀錄片美學的思考與實驗，是亞洲歷史悠久、也是最重要的紀錄片影展之一。此影展前身為「台灣國際紀錄片雙年展」，1998 年在王拓、李疾、井迎瑞、張照堂、張昌彥、黃建業、王小隸等眾多具有理想之士的努力下，台灣終於擁有了第一個紀錄片影展。台灣國際紀錄片影展早年隸屬於行政院文化建設委員會（以下簡稱文建會），每兩年（偶數年）舉辦一次，有意識地與在單數年舉辦的日本山形國際紀錄片影展（山形国際ドキュメンタリー映画祭）錯開，期待與友國能有互補作用。李疾曾表示：「策動紀錄片雙年展的動機十分單純，是想在一些官方的影展之外，建立一個樸素的、人道的、甚至更具批判性的影展，而這些精神正好都包含在紀錄片中。」台灣國際紀錄片影展除「國際競賽」外，另設有「亞洲視野競賽」、「台灣競賽」、「跨單元競賽」等項目，亦有數個觀摩項目，著重亞洲與華語地區紀錄片的推廣，希冀引薦來自世界各國的多元作品，透過放映與交流，推促亞洲與華人紀錄片的發展。

其實我之前在西班牙的博士論文研究的對象正好是紀錄片，論文的內容為探究荷蘭紀錄片之父伊文斯（Joris Ivens）在中國文化大革命期間遠赴中國所拍攝的一系列 12 部紀錄片當中的主觀性與客觀性。為了完成論文，還跑了兩次荷蘭看片子以及找資料，也透過該導演協會的協助與安排前往巴黎採訪導演的遺孀，因此對於紀錄片的多面向主題、拍片風格、拍攝手法與調性並不陌生。我個人覺得紀錄片導演各個都肩負著很強的國家民族或社會使命感，即使他們的曝光率與能見度不見得高，但這群「小我」的力量真的不容小覷。相較於台灣其他影展的作品，很明顯地台灣國際紀錄片影展的影片的確比較嚴肅，但議題性很強，也容易吸引到另一族群的觀眾，其內容除了為弱勢族群發聲，也經常關懷許多社會議題或聚焦於歷史傷痛記憶（越戰、納粹屠殺、廣島原爆、以巴軍事衝突、殖民主義），因此在翻譯時就需特別注意用字遣詞，畢竟跟一般的劇情片真的不太一樣。截至目前為止，我與台灣國際紀錄片影展合作翻譯了 5 部西語影片，包含了西班牙、尼加拉瓜、智利、秘魯等國的作品。

7. 2011 台灣拉美影展：彼端 To The Other Side

在 2011 年 12 月 16 日至 2012 年 1 月 6 日由台灣電影文化協會（Taiwan Film and Culture Association）主辦、文建會

指導的「2011 台灣拉美影展：彼端 To The Other Side」是當年度的一大盛事。與其他影展不同，此影展沒有上映西班牙的影片，只有拉丁美洲國家的作品。另外，除了在台北光點電影院放映，也有高雄電影館的場次，讓南北的觀眾有機會一同欣賞這些西語影視佳作。我個人覺得拉美影片有其獨特魅力，影片之所以在輕鬆的氛圍中帶有嚴肅的話題並有十足的渲染力，大概是跟這塊大陸的整個歷史演變與時局息息相關。剛好前幾年我拿到國科會幾次專題研究案補助，專門鑽研拉美影片中的社會現象與議題（如：貧富差距、毒品問題、貪腐問題），也親自走訪了巴拿馬與墨西哥，所以更能體會拉美電影在歷史洪流中發展出的獨特魅力。

此次影展共上映了 26 部影片，除了大家比較熟悉的墨西哥、智利與阿根廷影片，更有許多平常台灣觀眾較不熟悉的國家之作品，如玻利維亞、巴西、哥倫比亞、哥斯大黎加、古巴、多明尼加、瓜地馬拉、尼加拉瓜、巴拿馬、巴拉圭、秘魯、薩爾瓦多、烏拉圭、委內瑞拉等國的影片。在這次影展中我負責翻譯了兩部影片：《魔咒手風琴》（*Los viajes del viento*, Ciro Guerra）與《移工哀歌》（*Bolivia*, Israel Adrián Caetano）。其實我覺得舉辦這種區域性的影展，對國人了解該地區不同國家的社會問題與現象以及多元文化很有幫助，因為語言與主題都比較聚焦，有興趣的觀眾便可以在短時間之內大飽眼福，畢竟對台灣觀眾而言，拉丁美洲的確是在世界的另一端，從台灣起飛到拉丁美洲任何一個國家，含轉機時間至少需約 36 小時左右，去過那裡的台灣觀光客較少、感覺較陌生，所以如果能藉由這種專門的影展，來了解拉美各國的電影工業與文化，對國人而言可說是一大福音。

8. 影音公司：威望國際股份有限公司（Catchplay）、東昊影業公司

有別於影展的影片，基本上只要是跟影音公司合作翻譯的片子，這些片子都會被發行成 DVD。我與兩間影音公司合作翻譯了 7 部影片（Catchplay 3 部，東昊 4 部）。其中 Catchplay 威望國際股份有限公司是一家創立於 2007 年的台灣影視發行及製作公司，在業界有其重要性，也發行過許多膾炙人口的票房影片，如：《樂來越愛你》（*La La Land*）、《模範生》（*Bad Genius*）、《賽道狂人》（*Ford v. Ferrari*）等。2011 年 8 月，當時剛卸下文藻外語大學西文系主任一職的我，在 9 月份就接到 Catchplay 的影片翻譯邀約信件，而且需要我協助翻譯的竟然是阿莫多瓦（Pedro Almodóvar）的新作《切膚慾謀》（*La piel que habito*）！（這部影片改編自法國偵探推理小說作家提爾希．容凱（Thierry Jonquet）的文學作品《Mygale》，中文書名為《狼蛛》（時報出版社出版））。天啊！由於阿莫多瓦既是我對西班牙電影的啟蒙大師，又是我多篇論文的研究對象，也難怪接到這樣的邀約會如此激動！當時的我除了難掩心中興奮的情緒，也戒慎恐懼地告訴自己務必要把這部影片翻好。之後 Catchplay 又請我幫忙翻譯

阿莫多瓦的《飛常性奮！》（*Los amantes pasajeros*），兩部片雖屬不同類型，但比較起來，《切膚慾謀》的題材新穎性與力道都比《飛常性奮！》強了許多。

另外，成立於2014年的東昊影業公司近年來也致力於引進許多國外好片，2022年奧斯卡金像獎最佳外語片的日本片《在車上》（ドライブ・マイ・カー）在台灣就是由東昊發行。東昊負責人張全琛先生曾表示，以歐洲片來說，東昊引進最多的還是法語片，不過他也認為西語片有其市場。與東昊合作的四部影片都讓我印象非常深刻，其中《抓狂酒吧》（*El bar*）的導演剛好就是極具知名度且擅長挖掘人性黑暗面的艾利克斯・德・拉・伊格萊西亞，而劇中的台詞「El miedo nos muestra como somos.」（恐懼會揭露我們的本性。）更直接點出重點－唯有在面臨生死交關時的恐懼，才會讓我們的本性表露無遺。至於阿根廷影片《神秘高峰會》（*La cordillera*），講述的是阿根廷總統在參加中南美洲高峰會議期間，除了必須面對來自美國的壓力以及各國總統間的角力戰，還要處理突然出現的女兒所爆出的許多外人不知道的祕密，可說是當你凝視深淵時，深淵也正凝視著你。還有同樣也是阿根廷的影片《賭命大富翁》（*Animal*），也道出了當我們面臨生死抉擇與婚姻成敗時，有時候並無標準的對錯答案，只是被迫無奈地選邊站而已。另外，2022年我也首次嘗試翻譯義大利文影片《非甜蜜生活》（義大利片名 *Tre Piani*；英文片名 *Three Floors*），原片名的直譯是「三層樓」，而最後中文片名定為《非甜蜜生活》則是向義大利大師費里尼（Federico Fellini）1960 年的《生活的甜蜜》（*La dolce vita*）致敬。

9. 國家電影及視聽文化中心

「行政法人國家電影及視聽文化中心」為中華民國保存國家電影、廣播、電視等視聽文化資產的行政法人機構。此中心以典藏台灣電影資產、推廣電影文化及促進電影產業發展為宗旨，典藏了十分可觀的影像史料，包括華語片與外語片、影碟、圖書、海報、劇照、電影器材等。另外，為豐富經典電影之價值，自 2013 年起全面提升電影保存與典藏業務、數位修復技術與文創品研發。此中心前身是 1978 年由行政院新聞局與民間集資所成立的「中華民國電影事業發展基金會附設電影圖書館」，1995 年獲得國際「電影資料館聯盟」（FIAF）通過並成為正式會員。2020 年 5 月 19 日轉型為「行政法人國家電影及視聽文化中心」，由中華民國文化部監督，同時肩負研究、出版、修復典藏及推動國內電影教育等責任。

2022 年國家電影及視聽文化中心請我將兩部國片翻成西文，分別是盧謹明執導的《接線員》（*La recepcionista*）與王希捷執導的《划船》（*Paseo de barca*），原本以為中翻西會比西翻中難上許多，但接下片子後才發現其實未必。以就對原文的了解而言，我認為中翻西反而是比較容易的，畢竟在西翻中的過程，如果是遇上拉美的影片，通常會比西班牙的影片花較長的時間，主要是因為拉美國家的用字與文法其實還是跟西班牙的有不少差別，因此在理解原文的部分會需要較多時間。

（二）西班牙電影與拉美國家電影的翻譯經驗比較

1. 文學翻譯：一場考驗耐力與毅力的馬拉松賽

在正式進入這節的重點之前，我想稍微提一下文學翻譯跟電影字幕翻譯的些許不同。誠如前幾章曾提及，雖然我只翻過兩本厚厚的秘魯小說，且現階段恐怕沒太多時間再投身於文學翻譯，但我還是喜歡從事文學翻譯的工作，那是因為成就感較大，譯者的能見度也較高，儘管相對來說壓力也大許多。一般說來，如果本身有正職工作且必須陪伴或照顧家人的話，要接下一部文學作品的翻譯工作必須兼具勇氣與決心。雖然比起電影字幕翻譯，出版社給文學作品譯者較長的時間完稿，但相對那壓力是長期的，短則半年，長則接近一年，端看原文書的厚度與難度，以及出版社預計的出版時程，且通常還得計算之後的校稿與排版的時間。

以台灣的西語文學譯作來說，前幾年曾有出版社發行過同一作家的系列作品，當然這種做法的先決條件必須是重量級的知名作家，且系列作品要行銷宣傳也比較容易。例如漫遊者文化出版社曾出版過西班牙暢銷作家（又稱國民作家），同時也曾擔任過戰地記者的阿圖洛・貝雷茲 - 雷維特（Arturo

Pérez-Reverte）的系列作品：《法蘭德斯棋盤》（La tabla de Flandes）、《大仲馬俱樂部》（El club Dumas）、《戰爭畫師》（El pintor de batallas）、《海圖迷蹤》（La carta esférica）、《聖堂密令》（La piel del tambor）、《擊劍大師》（El maestro de esgrima）。又如聯經出版社也曾於2007年推出擅長魔幻寫實文體的智利知名女作家伊莎貝·阿言德（Isabel Allende）的《天鷹與神豹的回憶》（Las memorias del Águila y del Jaguar）三部曲：《矮人森林》（El bosque de los pigmeos）、《怪獸之城》（La ciudad de las bestias）、《金龍王國》（El reino del dragón de oro）。當然，最受到讀者歡迎的莫過於圓神出版社成功推出的西班牙作家卡洛斯·魯依斯·薩豐（Carlos Ruiz Zafón）的暢銷小說，讓國內讀者對其「遺忘書之墓系列」（El cementerio de los libros olvidados）的四部作品為之驚艷：《風之影》（La sombra del viento）、《天使遊戲》（El juego del ángel）、《天空的囚徒》（El prisionero del cielo）、《靈魂迷宮》（El laberinto de los espíritus）。在閱讀完這一系列作品後，我個人完全不意外為何薩豐的作品能在國際文壇間走紅，同時也欣賞譯者的翻譯功力與書寫能力。

其實翻譯得好不好見仁見智，並沒有一套標準來下定論，正如同我在學校上課時跟學生說的，翻譯本身沒有所謂的正確答案或是標準答案，只有最接近源語與最貼近目標語的適切答案。以文學翻譯作品而論，大家耳熟能詳的是「信、達、雅」的理論與觀念，而我個人認為「閱讀流暢」四個字對讀者而言也很重要，簡言之就是不要讓讀者明顯感受到正在閱讀一本外文翻譯小說，所以就是要遊走於大家所熟知的「異化」與「歸化」之間並適時揉雜。這二十多年來我習慣閱讀翻譯小說，但有些譯作讀起來就是不順、卡卡的，也許是原作家喜歡用艱澀的文字或語法，但譯者在翻譯的過程中是不是也該自行拿捏，譯出比較好閱讀的文章呢？而這個問題就是從事翻譯工作最大的挑戰之一，是該完全百分百忠於原文，一樣使用原作者的艱深文字，還是以讀者在閱讀過程中感到舒適自在，願意將書看完為首要原則，我想這都是出版社與譯者該思考的問題。因此，我認為每位譯者在交稿前必須靜下心來換位思考，自己重讀一遍，看這樣的中文用字與句子是否能被一般讀者接受，如果連自己都有閱讀停頓的現象，就代表翻譯結果出問題了。

2. 電影翻譯：全力衝刺的百米競賽

與文學翻譯相比，電影字幕翻譯的壓力期間較短，因為交稿日通常就是收到發翻單位試看影片與腳本之後的 7 到 10 天。以我的情況而言，通常這 7 到 10 天就是白天上班上課，晚上與週末必須先暫停所有的社交與娛樂活動全心投入翻譯。如果遇到腳本較多或是影片本身難度較高的影片，這段期間大概就是平日晚上工作 3 到 4 小時，週末則工作 6 到 8 小時。不過如果剛好翻譯期間家裡有事或自己身體有狀況，可以跟發翻單位討論延長交稿日的可能性，但必須盡早跟對方聯繫。像是如果接到影片的時間離影展舉辦日期還有三個月，通常不會有問題；但如果接到影片的時間跟影展很接近，恐怕就會有難度，因為之後對方還有校稿與上字幕等後續工作，此時對方便有可能找其他時間可搭配的譯者，通常每一個語言都會有幾個可合作的譯者。

除了交稿的時間不同，電影字幕翻譯還有「時間」與「空間」的限制，因此對譯者而言，如何在有限的時間與空間內，將兩種語言盡量做到適切的轉換實為一大挑戰（這部分會在之後章節再做詳細說明）。另外，還有一個與文學翻譯很不同的地方，是電影字幕譯者的能見度很低。一般說來，文學譯者的名字會出現在書的封面與書背，所以讀者可以在書局的架子上一眼就看到譯者名。但試想，當我們看完一部電影之後，有人會知道譯者是誰嗎？答案通常是否定的。我個人認為這對電影譯者是不太公平的，因為除了影展的影片會放上譯者名，通常院線片都不會，所以我想也剛好利用這個機會提出這種差異，希望廠商能重視譯者權益，讓讀者有機會能認識電影字幕的譯者。

另外，文學翻譯與電影字幕翻譯的稿費計算方式也不同，而這也是我這幾年到不同大學演講時同學們最感興趣但又不太好意思提的問題。文學翻譯的稿費以字計算（含標點符號），通常西語比英、日語的酬勞稍微好一點，雖然西語已不能算是少數語言或是小語種，但畢竟在台灣懂西語的人還是比較少；而電影字幕翻譯的稿費則以句子計算，這 10 年來有慢慢調高的趨勢，且如果在翻譯過程中，發現電影中有出現的對白，但發翻單位所提供的劇本 word 檔中卻沒有，此時便需要進行聽譯，因為聽譯的難度較高，所以稿費也會相對提高。很多人會問我哪一個比較「好賺」？如果以總金額來說，當然是文學翻譯領的稿費較多，因為通常一本西語小說的頁數與字數都不會太少，但其實我覺得電影字幕翻譯的稿費似乎較高，因為無論是幾個字的句子都可以領到一樣的稿費，例如：「嗨」（Hola.）、「你好嗎？」（¿Qué tal?）、「我知道了」（Ya lo sé.）、「明天再說好了」（Hablaremos mañana.）、「至少需要三星期的時間」（Se necesitan por lo menos tres semanas.）、「對，這是我們第一次來義大利玩」（Sí, es el primer viaje que hacemos a Italia.），以上這些句子有長有短，但是每句稿費相同。

至於何時可以領到稿費，因為影展影片的翻譯工作需要提前幾個月進行，而稿費的請款通常都是影展開始之後（發稿人在請款前，會再次發信跟譯者確認句數與稿費），所以領到稿費的時間都是交稿後的二至三個月之後了。不過像是金馬國際影展以及金馬奇幻影展，因為影片數量較多，有時會分批請款，所以如果是比較早翻完的影片可能屬於第一批請款，那就有可能在影展前拿到稿費。而如果是影音公司，因為通常一次只會給譯者一部影片，所以交稿後大概一個月左右就可以拿到稿費，不過實際狀況還是看每一個公司的內部請款流程而定。

截至目前為止，在我翻譯的 102 部電影中，西班牙電影有 27 部，其餘皆為拉美國家的影片，當中又以阿根廷影片的 22 部最多，哥倫比亞影片的 15 部居次，智利影片的 12 部為第三，墨西哥電影的 8 部為第四。這倒是有點推翻我個人之前的想法，畢竟談到拉美電影工業，多數人還是以為墨西哥、智利、阿根廷的影片量最多也最具代表性，所以這十多年有 15 部哥倫比亞電影在台灣上映，的確讓人有點意外。不過，正如我在這一章前面所提到的，每一個影展針對各種語言都會有兩三位譯者，所以也許有其他的墨西哥影片由別的譯者負責翻譯也不一定。

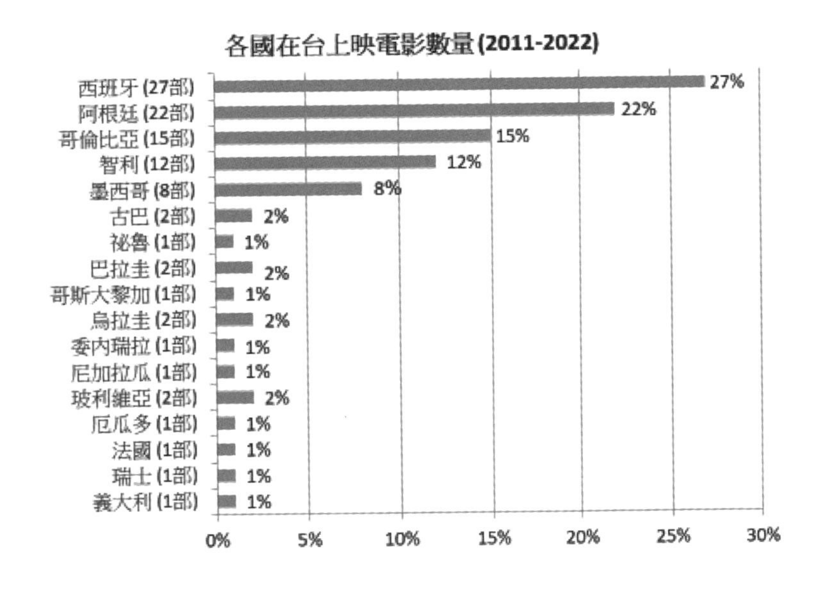

3. 西班牙的西班牙語不等於拉美國家的西班牙語

這幾年的翻譯經驗告訴我，如果發翻單位給我的是西班牙的影片，我會覺得比較安心也比較沒壓力，而且通常翻譯的過程也會進行得比較順利，甚至可能提前交稿，畢竟西班牙的西班牙語（español，又稱卡斯提亞語 castellano）是我從 18 歲開始就接觸到現在、最熟悉且有把握的語言。至於拉丁美洲許多國家所使用的西班牙語，除了發音有些許差異，就連有些用字與文法也與西班牙的西班牙語不盡相同，而這些都是譯者需要留意且慢慢適應的。

舉例來說，西班牙的「車子」是 coche，在拉美國家是 carro；西班牙的「手機」是 móvil，在拉美國家是 celular；西班牙的「果汁」是 zumo，在拉美國家是 jugo；西班牙的「電腦」是 ordenador，在拉美國家是 computadora；西班牙的「汙染」是 contaminación，在拉美國家是 polución；西班牙的「馬鈴薯」是 patata，在拉美國家是 papa；西班牙的「眼鏡」是 gafas，在很多拉美國家會用 lentes。另外，在動詞的部分，西班牙的「想念」大多會使用 echar de menos，在拉美國家會說 extrañar；西班牙的動詞 coger 有「拿」的意思，但在阿根廷 coger 卻有英文 fuck 的意思，所以不能亂說以免造成誤會。再說到另一個動詞，「搭公車」西班牙人會說 coger el autobús，但拉美人通常會說 tomar el autobús；而且西班牙人說「可以嗎？」會用「¿vale?」，但墨西哥人則習慣說「ok?」。

感覺上拉美國家可能因為地緣關係，他們的部分用字跟美語比較接近。

另外，西班牙與拉美國家的部分文法也不太一樣，例如西班牙人在稱呼一群家人或朋友時會用第二人稱複數形式「vosotros」（你們），稱呼長輩或不熟識的人則用第三人稱複數「ustedes」（您們），但拉丁美洲人在相同的情況下會使用「ustedes」，不會使用「vosotros」。另一個例子是「tú」與「usted」的說法，在西班牙 tú 是「你」而 usted 是「您」，但這個區別在拉美國家只適用於墨西哥，像是阿根廷、烏拉圭、巴拉圭則一律使用「vos」來取代「tú」，然後在智利和委內瑞拉會兼用「tú」和「vos」。

另一個我覺得西班牙影片比較容易翻譯的原因，是他們給譯者的腳本整理得比較齊全。記得十年前剛開始翻譯拉美影片時，有幾部片子的腳本有點亂，有的是對話不齊全，有的是對話順序亂了，例如原本應在第三頁的對話出現在第五頁，但這與台灣的發翻單位無關，而是對方片商給的資料不夠齊全，但近年來這樣的狀況已經改善很多了，基本上無論是哪一個國家所提供的腳本準確度都已經大幅提升。

此外，以腳本的語種而言，通常最理想的狀況是譯者手中同時有西、英兩種語言的腳本，比較擔心的是對方國家沒提供西語的腳本（但還好這種情況很少），如此一來便要考驗譯者的聽譯能力了。很多人會誤以為翻譯電影是從頭到尾都是看影片直接翻譯，也就是全程使用聽譯，但其實並非如此。基本上當譯者接到試看影片時，影片下方都已經有英文字幕，這可能是因為這些影片已經在美國上映或準備上映了，所以發翻單位當然都能提供英文腳本的 word 檔，但無論如何，如果能同時也擁有西語的腳本會是最理想的狀況。話又說回來，儘管同時擁有西、英兩種語言的腳本，但翻譯時一定要使用西文原文，否則發翻單位大可直接找英文譯者即可。他們之所以找西文譯者的用意，就是希望能直接將西文轉換成中文，畢竟兩種語言之間的每一次轉換都難免流失些原意，所以理論上由西文直接翻成中文，會比由西文翻成英文，再由英文翻成中文準確度來得高。

其實一部西語影片是由「西文人」或是「英文人」翻譯，大概從劇中人物的人名可以略知一二。以 2001 年墨西哥影片《你他媽的也是》（*Y tu mamá también*）為例，劇中有一位名叫 Mabel 的小女孩，在台灣上映時中文名字用英文發音翻譯成「美寶」，但如果是懂西文的人應該會翻譯成「瑪貝」；又如 Pedro Almodóvar 在台灣翻成「佩卓・阿莫多瓦」，其實應該是「貝德羅・阿莫多瓦」；另外，在 2010 年奧斯卡金像獎最佳外語片的得獎影片《謎樣的雙眼》（*El secreto de sus ojos*）中，男主角 Benjamín 被翻譯為「班哲明」，女主角 Irene 則被翻譯為「艾琳」，但若是以西文發音來翻譯的話，應該會是「班赫明」與「伊瑞妮」。同理可證，Patricia 這個人名，我們會翻成「巴德莉西亞」，而非「派翠西亞」。

值得一提的是，有時候翻譯拉美影片時，可能會遇到劇中人物講不同的語言，例如克丘亞語（Quechua）。克丘亞語是南美洲原住民的語言，有不同的方言，且分布在阿根廷、玻利維亞、巴西、智利、哥倫比亞、厄瓜多、秘魯等國家。而且，克丘亞語在秘魯、玻利維亞及厄瓜多的部分地區還保有地方性官方語言的地位，所以在南美電影中出現的機率也不小。因此，如果遇到上述狀況，可能就必須借助英文的腳本來翻譯了。最後，我也想利用這個機會，誠心感謝這些影展或是影音公司，其實他們也可以直接請英文譯者翻譯這些西語影片即可，但他們卻願意花時間探聽或找尋懂這些歐語的譯者，讓翻譯的過程盡量簡化與精準，只需一次的文字轉換而非兩次（其實有時候我在翻譯時，也會發現英文字幕與原來的西語台詞有出入，所以如果能找到精通該語文的譯者還是比較好），而且讓觀眾觀看時的翻譯更貼近原意，顯見這些影展或是影音公司的用心，特此感謝。

Capítulo 5

西語電影字幕翻譯之要點與注意事項

（一）第一次看片

按照我個人的習慣，通常在交稿之前，我會把接到的影片看過三次，而這三次有其各自的重要性。第一次看片時，要盡量把自己當成是一個單純的觀眾，想像自己在電影院觀影，純粹欣賞就好，先別急著思考接下來要如何翻譯某些句子（雖然有時候也會控制不住大腦，甚至還會按下暫停播放鍵，先寫下某個句子該怎麼翻譯，以免之後翻譯時忘了，畢竟有時候靈光一現的句子可能就是最好的）。第一次看片的重要性在於了解影片的調性，因為不同時代背景的影片會有不同的譯法與用字，例如 70 年代或 80 年代的影片就不適合用現在的流行話語，比方說「很時髦」、「很流行」會比「很潮」來得適合；「很受歡迎」、「很搶手」會比「很夯」來得貼切。另外，不同電影類型（喜劇、悲劇、動作片、靈異片、懸疑片、科幻片）的用字也該有所區分，比方說在一段感性的親子對話中，突然出現「哇哩勒」這種比較詼諧的用字，可能會讓觀眾的情緒突然中斷；或是在一場嚴肅的辯論會中，突然出現「阿北」或是「阿桑」這些字眼，也許也會讓觀眾

感到有點突兀。當然，我的意思不是說這些字不能使用，而是認為應該用在適合的影片與合適的情境，這樣才能讓觀眾在欣賞影片的過程中感到舒適與自在，而不會有看片中斷的感覺。

（二）第二次看片

其實第二次看片就是正式翻譯的時候了。影展通常發片給譯者時會提醒：「收到對白本、試看片或檔案時，請先檢查檔案是否可以讀取，試看片是否會停頓或是段落遺失，影片及文字檔案是否有版本不同的問題。」另外，影展單位也會提供他們所要求的翻譯原則希望譯者能配合，而這是一般影音公司不會特別提醒的。他們的翻譯原則如下：

1. **「首重正確。俚語及專有名詞務必仔細查證，並盡量使用台灣約定俗成的譯法（如：『楚浮』與『舊金山』，而非『特魯浮』與『三藩市』），影片譯稿之同一人名或是地名請統一。」**這一點其實不難做到，但交稿前還是需再次檢查，以免造成同一個人物出現兩個不同的中文譯名。關於這點，我在之後的「人名翻譯」部分會再解釋並舉實例說明。

2. 「**譯文可精簡但要求流暢且不失原意。由於字幕要盡量在角色講話的時間內跑完，所以同一句話請盡量在一行中翻完。每句以 16 個字為上限，如果 16 個字無法完成，可分成兩句，但要以觀眾能看得完為前提。如果影片對白實在講太快，可以在不扭曲原意的原則下精簡翻譯。**」其實在我 2011 年開始接觸電影字幕翻譯時，當時一行的字數限制是 14 個字，但之後慢慢變成 15 個字，然後又變成 16 個字。我想字數的增加對譯者來說絕對是個好消息，代表我們可以運用的字數空間加大了，否則有時候比較長的句子，真的必須努力思考如何才能縮減為 14 或 15 個字，但我個人覺得，目前一行 16 個字對觀眾的閱讀速度來說，也算是個挑戰吧！

以 2022 年台灣國際女性影展的阿根廷影片《碎裂的風景》（西文片名 *Esquirlas*）為例，片中有一句話是「Cuando tenía 10 años mi papá compró una Sony 8mm.」，這句話直譯是「當我十歲的時候，我爸爸買了一台八釐米的 Sony 攝影機」。但因為是電影字幕翻譯，所以最後我必須省略 5 個字以及一個標點符號，並將此句拆為兩句，第一句 4 個字，第二句剛好 16 個字，因為每一個英文字母都算一個字。

— 我十歲時
— 爸爸買了一台八釐米 Sony 攝影機

再舉 2022 年高雄電影節的一部幽默詼諧的西班牙影片《老少女遊歐記》（西文片名 *Las visitantes*）為例，影片一開始就出現長長的句子：「Como la Fontana de Trevi en Roma, cuenta la leyenda que, si un turista quiere asegurarse de regresar a la ciudad, ha de tirar una moneda a la fuente con los ojos cerrados y de espaldas. Solo así su vuelta aquí será segura.」這句話直譯是：「正如同羅馬許願池的傳說所敘述的，假如一位觀光客想確保能再回到這個都市，就必須閉上雙眼背對許願池擲出一枚硬幣。只有這樣才確保能夠回來」。遇到這種很長的句子，除了每句控制在 16 字之內，還要分段分得剛剛好，也就是說，重點是必須讓觀眾易讀易懂才行。

— 正如同羅馬許願池傳說所述
— 假如觀光客想再回來的話
— 就必須閉上雙眼背對池子擲一枚硬幣
— 只有這樣才一定能再回來

3. 「**高度自我要求字句符合口語、雅緻、影片之調性。請使用『中文語法』，要讓觀眾一眼就看得懂，而不是依照原文逐字翻譯的電子字典式翻譯。非必要時請避免使用鄉民用語、中國用語或注音文。**」關於這一點，我想喜歡看電影的人，應該都有觀察出這幾年的字幕，經常出現「哇靠」、「北七」、「靠北」、「超屌」、「幹話王」等大家熟悉的鄉民流行用語，但我想這些用語，可能比較適用於喜劇片或是動作片，同時也必須留意片中的情境是否適合。另外，粗話的使用更需多加留意，記得早期的高雄電影節，在給譯者的翻譯規則中就有特別提到禁止使用「幹」字，但現在也已經取消這個規範了。

此外，幾乎在大部分的西語影片中都可以聽到不少粗話或髒話，其中以「hijo de puta」（婊子的兒子）最常出現，甚至於還有「hijo de mil putas」（一千個婊子的兒子）。早期我在翻譯時，遇到這些字，為了要忠於原文，會直譯為「婊子養的」，但後來發現這用語實在太普遍了，另一方面也是為了節省字數，所以我會翻成「混蛋」、「王八蛋」或是「禽獸」。至於也很常出現的「joder」（幹），我通常會翻為「他媽的」、「馬的」或是「靠」，但如果該句的字數會超過上限，有時我會在不影響語氣的情況下選擇省譯。

4. 「**請務必同時對著影片及對白本進行字幕翻譯，若發現譯文前後有不合邏輯之處，請務必再次推敲劇情。絕不能將事實翻錯（例如把 A 說的翻成 B 說的，或是把 C 翻成 D）。**」我想看到這點大家一定會心想，譯者們不是都該一邊看影片一邊對照腳本翻譯嗎？但其實我曾經聽說，的確有少數譯者在趕時間的情況下，就不看片而只是翻譯腳本，所以難免會造成中文字幕與劇情搭不起來的情況，因為同樣的一個字或是同一個句子，在不同的劇情下都可能有不同的文字詮釋方式。

5. 「**精益求精，影片字幕翻譯特別要留意『節奏』。完整將全部對白翻出是對的，但若因為時間不夠，字幕只能一閃即過，觀眾根本看不完，或是造成觀影及理解上的困擾，那一切就是枉然。所以在翻譯完成後，請好好對著影片再將自己的稿子審視一遍，去蕪存菁。**」我想這一點非常重要，同時也是考驗譯者功力的最佳時機，因為不論是以前的一行 14 個字或是現在的 16 個字，有時候要將一長串的對白（尤其西語人士講話速度很快）濃縮成 16 個字以內，真的是得絞盡腦汁。因此，該捨棄哪些文字才不會影響觀眾的理解，的確是一門學問。在實際操作時，倒是發現試看片的英文字幕經常出現兩行，但若回想一下，國內的院線片還真的很少出現兩行字幕的情況。說真的，一行 16 個字有時候都快看不完了，更何況是兩行文字。

另外，也要提醒大家電影字幕翻譯有別於文學翻譯，不建議逐字逐句翻譯。基本上，電影字幕翻譯就是演員對白的翻譯，前後句子意思的連貫最重要，而且要配合我們自己的文化進行轉譯。以阿根廷電影《謎樣的雙眼》（*El secreto de sus ojos*）為例，我覺得以下四種翻譯情況可以提出來討論。

（1）Benjamín: **Vamos a tomar un café después del trabajo. 下班後去喝杯咖啡**

Irene: **¿Hora? 時間？**

Irene: **¿A las ocho y media? 八點半？**

→其實我覺得這裡的「**時間？**」可以用「**幾點？**」來代替，會讓前後句子更通順。

（2）Benjamín: **¿Soltero o casado? 單身還是已婚？**

Morales: **Yo, soltero. En ese momento, de verdad, solo pensé bajar la persiana. 我還是單身，當時我只想封閉自己**

→我認為譯者將原意為「**拉下百葉窗**」的「**bajar la persiana**」翻譯為「**封閉自己**」非常到位，的確也是 Morales 在歷經了愛妻被姦殺後的心境與情緒反應。

（3）Irene: **¿Qué podemos hacer acá? Vos y yo. 我們兩個還能做什麼？**

No podemos hacer nada. 我們不會有結果的

→我認為譯者將原意為「**我們什麼都不能做**」

的「**No podemos hacer nada.**」翻譯為「**我們不會有結果的**」真的是恰如其分，也道出 Irene 跟 Benjamín 兩人對未來感情關係的無奈與無解。

（4）另外，當 Irene 在辦公室詢問兇嫌 Gómez 時，她採用了激將法，說根據死者的慘狀，推斷兇手一定有強而有力的手臂。接下來她舉起 Gómez 的手臂說「**Dos tallarines.**」，原意是「**兩根麵條**」，而中文翻譯成「**兩根竹竿**」，的確是比較符合台灣的在地文化，因為當我們描述一個人的手或是腿很細，會說「**細得跟竹竿一樣**」。

6. 「**請特別留意影片故事發生的年代、每個角色說話的口吻及語氣。歌詞部分也依照歌曲屬性，斟酌詞彙。**」這個就是我之前提過的，不同的年代與歷史背景所使用的文字也不盡相同。另外，對我而言，歌詞的翻譯其實真的是一個挑戰，要仔細推敲它的斷句以及句子的前後順序，依狀況有時翻譯成中文時要改變原來句子的順序，因為若一昧按照原文順序翻，觀眾可能會看得一頭霧水。因此，我的習慣是翻完一首歌後會先立刻看一下自己翻的中文歌詞，看懂不懂歌詞的涵義，如果連自己都看不懂，那觀眾勢必更看不懂。所以我在學校教翻譯課時，有時會遇到很認真的學生想多做課後的翻譯練習，他們來找我，表示想說可以從歌詞翻譯開始，因為字數較少也看似最簡單，但此時我會跟同學們分析，歌詞的翻譯其實難度更高，必須有融會貫通的能力，因此建議從短文開始練習。

7. **「影片畫面中出現對劇情的了解有影響之文字（如：畫面上的字卡、歌詞、招牌、紙上的字等），請一一翻譯。」**這個部分看似沒那麼重要，但其實不然，翻譯字幕要盡量避免「漏譯」的情況，這部分在之後也會舉實例說明。

（三）第三次看片

第三次看片的主要作用當然就是交稿前的最後檢查。此時要將自己的角色調整為譯者兼觀眾的身分，也就是配合影片進行的速度與字幕轉換的速度，將中文字幕做最後的檢查與調整，亦即翻譯完成後試著以觀影者的角度，體會譯句的「視覺速度」是否能搭配畫面的進行速度，其實某個層面也包含了「聽覺速度」在裡面。在檢查過程中，若發現字幕過長則需再三推敲，進行修改或刪減，簡單說就是「去蕪存菁」的概念。

另外，曾經在我演講的過程中，會有人好奇，想了解翻譯哪種類型的影片可以領較多的稿費？又或者片長較長的影片是否能領到較多的稿費？其實不然，就如同我在之前提過的，文學作品的翻譯是以「字數」計算，但電影字幕翻譯則以「句數」計算。換言之，如果譯者接到的文學作品比較厚（頁數較多），那大致就確定可以領到較多的稿費，但電影字幕翻譯就很難說了，例如翻譯一部 120 分鐘的影片所領的稿費不見得會比 90 分鐘的影片多，因為片長與句數多寡不一定成正比。以前我覺得動作片的句數較少，因為片中打鬥或是追車的劇情橋段較多，還有靈異片的句數通常也比較少，因為有很多安靜、驚悚、等待鬼魂出現的緊張時刻；相對的，愛情片的句數就可能較多，因為片中的角色為了挽回即將失去的感情或是面臨即將破碎的家庭，可能會有較多的爭執或對話。但這十多年的翻譯經驗下來，我好像又打破自己以前既有的定見，真的只有看完一整部影片後，才能知道句數的多寡與稿費的多少。至於每部影片句數多寡的差異，其實真的還不少，從 600 句到 1500 句不等。唯一比較確定的是，如果是談論政治議題的拉美國家影片，句數通常會較多，因為片中會有很多正反兩方的言詞攻防。

（四）時間限制

電影字幕翻譯的「時間限制」，指的並非是每部影片的交稿期限為 7 至 10 天（當然對文學作品的翻譯來說，這的確也是對譯者的時間限制），而是指字幕的出現，須配合畫面的轉換以及劇中人物說話的速度，因為如果搭配不當，可能會造成字幕與說話者不協調的窘境。也就是說，譯者在面對較長的對白時要懂得取捨，在字數上要盡量做到精益求精，且要翻譯得像日常生活中的對話（事實上，電影中的對白的確就是日常生活對話，與文學作品不同，所以須盡量避免過度文謅謅的用字），並在必要時採用去蕪存菁的刪修策略，而上述這些功夫，是需要譯者從經驗中慢慢自我學習與磨練的。

學者李運興曾提出：「每行字幕必須在螢幕上停留足夠的時間，一般以 2 到 3 秒為宜。」當然，我想這指的是一般的狀況，因為如果某個畫面出現的時間較久，相對的字幕則須配合畫面停留較久。另外，學者方梓勳也曾指出：「以一般 14 到 65 歲的正常人來看，平均每分鐘可閱讀 150 到 180 個字，約每秒可讀 2.5 到 3 個字，因此每行字幕可容下 11 到 15 個字，也就是可停留 3 到 5 秒。」

儘管上述兩位學者推算出的秒數不盡相同，但如同我之前所說，在翻譯完成與交稿前，不只應對文字部分再次檢查，更重要的是須再看一次影片，並同時留意字幕的出現與畫面的轉換是否有完整的搭配。至於究竟每一行字幕可容納多少字，就是以下「空間限制」探討的重點。

（五）空間限制

相較於其他類型的翻譯，影視字幕翻譯因受限於螢幕大小而有更多的空間限制。大部分的電影中文字幕都是由左而右出現在螢幕下方，但也有少部分的特例是由上而下出現在螢幕的左方。擁有豐富影視字幕翻譯經驗的許惠珺曾提出：

「一般的銀幕中文字數每行最多13個字，一個畫面最多兩行，但最好不要譯成兩行滿滿的字幕，以免觀眾來不及看完。」而區劍龍也曾提到：「電影字幕譯者必須將每行內的原文完整譯出，且要注意不得多於13個字。」而就我個人自2011年起與國內不同影展合作的經驗中發現，當時台灣的業者在每行的字數限制上通常是規定14個字（高雄電影節、台灣拉美影展）或15個字（金馬國際影展、金馬奇幻影展、台北電影節）。但無論是14或是15個字，各影展大概都會提到，如果一行真的無法翻完可以拆成兩行，但須以觀眾能看完所有字幕為前提。

但這幾年實際運作下來，得知目前各大影展都已經將每行字幕上限增加至16個字，而譯句還是要求單行。其中金馬國際影展在翻譯規則中還特別提到：「如遇須做雙行字幕的狀況，請先回報再決定翻譯格式。」我想無論字數多寡，在如此有限的字數中（連標點符號的使用也須錙銖必較，因為每一個標點符號也都算一個字），還須忠誠地將原文的訊息傳遞給觀眾實為一大挑戰，因此在觀影過程中，會發現有不少譯者會使用可簡化文字空間以及可涵蓋文化訊息的「對等四字成語」，而這部分之後會有詳細介紹。

（六）標點符號、數字的使用

關於標點符號與字數的使用，各大影展的規範都差不多，而影音公司則不會有特別規範。至於交稿時的文字檔，除了台灣國際女性影展要求譯者用 Excel 檔案交稿，其他單位都使用 Word 檔案交稿。這兩種方式對譯者而言都一樣方便，只是依照我個人經驗，用 Excel 檔案交稿的好處是會自動計算每一句的字數（A 欄位是譯稿文字、B 欄位是字數），不像使用 Word 檔案交稿時，如果那一句的字數超過規定的 16 個字，譯者就必須去算一下每一句的字數。

關於標點符號的使用，各大影展的規範大致整理如下，但不同的影展還是會有一點小差別，其實不難，只需多加留意即可：

1. 標點符號一律使用全形，阿拉伯數字使用半形
2. 電影中出現的影片名、書名、專輯名、電視節目名，前後使用《》
3. 歌曲名、文章名等，前後使用〈〉
4. 字卡或電腦、報紙書信、招牌內容等畫面上出現的說明文字，前後使用（）
5. 劇中角色讀詩、唸書等各式文字之引用，前後使用「」
6. 歌詞的每一句的句首，請加上「#」標示
7. 句尾不加句號，但疑問句請加問號
8. 句子內可使用逗號、頓號、冒號、問號、刪節號、驚嘆號，但請勿濫用
9. 兩人同時說話或對白連接很近時，第一個人說話前面不用加任何符號及空格，後面也不用句號；在第二個人對白前面則要加「-」（一個全形空格及一個半形

橫槓）。例如：記得幫我把門鎖上　- 知道了

10. 除兩人同時說話中間的空格外，全篇譯稿不能有任何空格、空行，以免影響投影時字幕的置中位置
11. 英文字母非必要時請盡量少用，採用阿拉伯數字或中文數字時則以一般慣用習慣處理，譯稿的數字用法請統一（例如：一至十使用中文數字，雙位數以上使用阿拉伯數字）

（七）人名翻譯

人名翻譯看似簡單，因為主要就是採用「音譯」原則，但仍須多加留意。例如 Ana 就翻成「安娜」，Daniel 就翻成「丹尼爾」，我想這些都比較沒問題。但依照我個人經驗，翻譯人名時最好將中譯名寫下來，因為翻譯一部電影不可能在一天內完成，今天將 Carlos 翻成「卡洛斯」，但過兩天可能會翻成「卡羅斯」；又如今天將 Luisa 翻成「露易莎」，但幾天後可能會翻成「路易莎」；同樣的狀況也有可能發生在 María 會翻成「瑪麗亞」或是「瑪莉亞」，Pedro 會翻成「貝德羅」或是「貝得羅」。這些小疏失都是很有可能發生的，雖不是大錯誤，但翻譯時仍需多加留意，以免造成觀眾誤會另有其人。金馬國際影展在給譯者的「電影字幕翻譯規則」中，就清楚要求譯者在交稿時必須將重要專有名詞（片中重要或經常出現之人名、地名、片名）標示於譯文後以利校對，而我想這一點是非常有必要的。

另外，西班牙人名的另一個特色就是「縮小詞」，人名縮小詞的用法通常是表親暱的稱呼，常用在長者對晚輩或是很熟的朋友之間。比方說 Juanito 是 Juan 的暱稱，Amalita 是 Amalia 的暱稱，Manolito 是 Manolo 的暱稱，Dani 是 Daniel 的暱稱，Santi 是 Santiago 的暱稱，以上五個名字的差異性還不大，至少從人名上還看得出是指同一個人。但差異性比較大的如 Francisco 的暱稱是 Paco，Joaquín 的暱稱是 Quino，José 的暱稱是 Pepe，所以如果同一部影片有時出現 Francisco，有時出現 Paco 時該怎麼處理呢？依照過去的經驗，通常我會使用在影片中第一次出現的人名，或是出現次數較多的人名，但千萬不要兩個都翻，這樣觀眾可能會感到困惑，因為只有學過西語的人才知道這兩個人名指的是相同的人。

另外，西班牙人名也存在兩個名字組合而成的複名，男生名如 José Luis、José Miguel、Luis Miguel 等，而女生名有 Ana María、María Isabel 等，這時候由於需精簡字數，所以只需翻出第一個名字即可。另外，需留意的是西文的複名中會同時存在男生名加女生名，或是女生名加男生名的情況，如 1996 至 2004 年的西班牙總理 José María Aznar López 就是個大家耳熟能詳的例子，而且也有女生取名為 María José。所以如果翻譯時遇到這樣的人名，通常礙於字數限制同時也擔心觀眾搞不清楚性別，我認為只翻譯第一個名字即可。另外，因為有的西文名字翻成中文會用掉很多字，如 Francisco（佛朗西斯科）、Esperanza（艾斯貝蘭莎）、Esmeralda（艾斯美拉姐），所以發稿單位在審稿時也許會有所取捨。例如我在翻譯阿莫多瓦（Pedro Almodóvar）的《切膚慾謀》（*La piel que habito*）時將其中的人物 Víctor 翻譯為「維克多」，但後來 DVD 出來時被改為「維多」；又如我在翻譯《抓狂酒吧》（*El bar*）時將其中的人物 Israel 翻譯為「以撒列爾」，但後來 DVD 出來時被修改為「以撒」。但我覺得在不影響觀影者理解的情況下，其實做這樣的字數調整也不錯。

（八）親戚稱謂

西方文化的親戚稱謂與我們比起來的確簡單很多，因此翻譯西文影片時在這方面須多加留意。以阿莫多瓦 2006 年奧斯卡金像獎得獎的《玩美女人》（*Volver*）影片為例，中文翻譯都將「外公與外婆」翻譯成「祖父與祖母」，無論是片中的 Soledad 或是鄰居 Agustina 都跟小女孩 Paula 說你（字幕會統一用你，而不用有性別之分的妳）的「祖父與祖母」死於火災，但其實這有可能導致觀眾的誤解。雖然西文只有 abuela（祖母或是外婆）一個字，但翻譯時譯者必須顧及在台灣文化中有比較多的親戚稱謂，所以正確的翻法是「外公與外婆」，而這點也是和英文不太一樣的。類似的情形也發生在《純真 11 歲》（*Voces inocentes*）影片中，在這一部討論薩爾瓦多內戰時期童兵問題的影片中，從頭到尾都將 tío Beto 翻成「貝多叔叔」，但其實 Beto 是小男孩 Chava 的媽媽的弟弟，因此必須翻成「貝多舅舅」才正確，所以對於這些稱謂問題，譯者在翻譯過程中務必多加留意，尤其是 tío 跟 tía 這兩個字在中文有很多的可能性。西文的 tío 可能是「伯父、叔叔、舅舅、姑丈、姨丈」，而 tía 則可能是「阿姨、姑姑、舅媽、伯母、嬸嬸」。另外，sobrino 可能是「姪子、外甥」，而 sobrina 則可能是「姪女、外甥女」。還有，cuñado 可能是「姊夫、妹婿」，而 cuñada 則可能是「嫂子、弟媳」。

（九）人稱順序

人稱順序在西文與中文之間也存在些許差異，須留意一下。例如中文的「我和蘿拉」，按照西班牙文的表達習慣會將 yo（我）放在最後，所以他們會說 Laura y yo，而不是 Yo y Laura，但因為中文習慣將第一人稱的「我」放在最前面，所以 Laura y yo 就必須翻譯成「我和蘿拉」，而不是按照原文順序譯成「蘿拉和我」。然而 tú（你）就沒有這方面的問題，無論是西班牙文或是中文都會將 tú（你）放在第三者的前面，所以翻譯時只需照其順序即可，例如 tú y tu novia 就直接翻成「你和你女朋友」。另外，tú y yo 在翻成中文時可以直接翻譯為「我們」，而不一定是「你和我」，例如 Es un secreto entre tú y yo. 就可以翻成「這是我們之間的祕密」。

（十）相同字不同發音的翻譯方法

這部分我舉一個最簡單的例子說明，那是我在 2012 年翻譯阿根廷影片《我的雙面童年》（*Infancia clandestina*）時遇到的。劇中的小男孩 Juan 跟隨因政治因素流亡至古巴的父母親回到阿根廷後，同學們都會嘲笑他的發音，並經常糾正他 yo 的發音。yo 是「我」的意思，但這個字在阿根廷的發音的確是比較特別。由於劇中有一群小朋友直接將 yo 在古巴以及在阿根廷的發音相比較，因此我在翻譯過程中為了做區分，將古巴的 yo 翻譯為「窩」，而阿根廷的 yo 則翻譯為「我」。因為如果不做區分而都翻譯成「我」的話，恐怕觀眾會一頭霧水，不知道小朋友們究竟在比較什麼、嘲笑什麼。

（十一）「在地化」翻譯

雖然我們都知道翻譯電影時，必須盡可能將目標語翻得道地並且符合當地人的用字與口吻，但幾年下來我在看電影時，也會不禁思考翻得道地並符合當下年輕人的用語真的適合嗎？也就是當下的流行用語在幾年後仍適合嗎？以 2006 年的《玩美女人》為例，影片中姊姊 Raimunda 跟妹妹 Soledad 談到已故母親時有這樣一段對話：

Raimunda: **¿Hay algo que debería saber yo y no sé?**
還有什麼我不知道的事嗎？

Soledad: **Un mogollón.** **粉多**

這個「粉」字應該是來自於當年台灣電視台知名綜藝節目角色董月花的名言，如：「我覺得頭粉暈，粉想吐。」還有「人生如浮雲，命運粉不順。」雖然這樣的翻法的確是當年的常用語，但事隔多年後，當我在課堂上觀賞並討論此片時，有許多同學無法理解為何使用「粉」字，因為對他們而言這樣的用法是陌生的。另外，當時姊妹倆在討論已故母親時的對話氛圍其實是嚴肅的，所以究竟是否適用「粉」字或許可以多加思考，我認為只要簡單翻譯成「很多」就可以了。但其實「粉」字也曾出現在其他的片名中，像是 2003 年由瑞絲・薇斯朋（Reese Witherspoon）主演的《*Legally Blonde 2: Red, White & Blonde*》，在台灣的中文片名就翻譯為《金髮尤物 2：白宮粉緊張》。

另外，西文跟中文之間仍有些習慣性用語上的差異，此時翻譯就要以目標語觀眾（也就是中文觀眾）的習慣用語為主。例如在《我的雙面童年》一片中，哥哥 Mauricio 在爭執過程中對弟弟 Beto 說：Ya no tenías cuatro años. cuatro 是「四」，但中文就翻譯為：「你已經不是三歲小孩了」。有趣的是西班牙文似乎經常使用 cuatro，比方說 En el bar solo hay cuatro gatos.（酒吧裡只有四隻貓），中文也會翻譯為「酒吧裡只有小貓兩三隻」。

（十二）避免誤譯

墨西哥知名導演，同時也是拉丁美洲第一位奧斯卡金像獎最佳導演得主艾方索・柯朗（Alfonso Cuarón，2019 年曾以《羅馬》（*Roma*）一片榮獲奧斯卡金像獎最佳導演、最佳外語片、最佳攝影），在他 2001 年的公路電影《你他媽的也是》（*Y tu mamá también*）中，女主角露易莎（Luisa）嫁給一個社經地位比她高很多的先生阿烈桑德羅（Alejandro, 小名 Jano），他先生經常帶她出席一些社交場合，但這些場合卻讓沒見過什麼世面的露易莎感到不自在。此片使用了很多第三人稱的旁白（voz en off 或是 narración en off）來告訴觀眾主角們過去所經歷的以及未來即將發生的事情。影片中有一句旁白的字幕翻譯為：「露易莎從來就感到不舒服」，但因為這樣的譯句會與前一個句子的意思無法連接，所以在對照腳本後才發現，比較接近原文的翻譯應該是：「露易莎一直都感到不自在」。

另外，也應該注意螢幕的轉換與字幕的搭配。在《你他媽的也是》的最後一幕，當兩位好友胡立歐（Julio）與登諾切（Tenoch）因同時喜歡上露易莎而導致多年的友情生變時，最後登諾切在咖啡廳先行離開，胡立歐跟服務生比了個手勢並說：¿Me da la cuenta?（可以給我帳單嗎？），是希望服務生能把帳單拿過來，但中文字幕卻出現「保重」，我想觀眾應該也會看得一頭霧水，而正確的翻譯應該是「買單」。

除此之外，我也觀察到在阿莫多瓦 2003 年的奧斯卡金像獎最佳原著劇本獎得獎影片《悄悄告訴她》（*Hable con ella*）中，當瓦倫西亞（Niño de Valencia）守護在受傷癱瘓的前女友莉帝雅（Lydia）床邊，對著莉帝雅當時的男朋友馬可（Marco）說：Habíamos vuelto. Llavábamos un mes juntos. 時

（vuelto 是動詞 volver 的過去分詞，而 volver 的確有「回來」的意思），螢幕下方的字幕為：「我們一個月前一起回來」。但這樣的翻譯應該會造成觀眾的誤解，因為兩人分手已有一段時間，且一個月前莉帝雅跟瓦倫西亞並無一起出遊或旅行，所以當然不會有一起回來的可能性。後來對照原文腳本後發現，其實瓦倫西亞想表達的是：「我們一個月前複合了」。

而在《玩美女人》一片中蕾木妲（Raimunda）跟她眼睛幾乎看不見又獨居的年邁寶拉阿姨（la tía Paula）說：Está mejor que estés en una residencia.，此時畫面的中文翻成「你應該跟家人同住」。其實這裡的 residencia 在西班牙指的是 residencia para los mayores，就是給一般年長者居住的養老院，所以應該翻成「你應該住到養老院」。另外，有一幕蕾木妲接起電話說：¿Sí?，很清楚就是西班牙人接到電話會說的「喂？」，但字幕出現的是「可以嗎？」，我想這些都是需要多加留意的地方。

此外，翻譯不單單只是譯字或譯句，還必須譯情境。將原文經由字典或翻譯軟體原封不動搬到譯文，正是名翻譯家思果所謂的「搬運工作」。情境問題在翻譯過程中也是需要留意的，像是《玩美女人》中的蕾木妲因家庭問題而決定私自接下鄰居艾米里歐（Emilio）餐廳的生意，因而造成艾米里歐的不悅，她在電話中跟艾米里歐說：Espero que me entiendas.，此時畫面出現的中文是「我希望你能瞭解」。其實 entender 這個動詞大概就等同於英文的 understand，雖然意思是「明白、瞭解」，但在這情境下更貼切的翻譯應該是「我希望你能諒解」或是「我希望你能體諒」，也就是她希望艾米里歐能體諒她會這麼做是有不得已的苦衷。

還有，在這部電影中也發現同樣的飲料 mojito 前後的翻法不一致，第一次出現時翻譯為「魔戲多」，但第二次出現時卻翻成「古巴特調」。其實「魔戲多」是音譯，但的確翻得很傳神，喝完這調酒後可能會感到如魔法般的飄飄然，感覺像是場遊戲；而「古巴特調」當然更到位，讓觀眾立刻明瞭這是古巴的知名調酒。其實無論是「魔戲多」或「古巴特調」都可以，只要前後一致，不要讓觀眾誤以為是兩種不同的飲料即可。

（十三）注意「漏譯」問題

另外，電影翻譯工作除了要翻譯字幕之外，還須留意電影畫面中所有腳本以外的文字訊息，如電腦或手機螢幕、報章雜誌、書信內容、招牌、書名、歌名、電影名、文章名、報紙名。依照我個人翻譯經驗來說，政治與社會議題（貧富不均、移工問題、貪腐、毒品……）經常是拉美影片的重要元素，所以牆壁上的標語或塗鴉的文字也都必須多加留意。我在學校上電影評論課時，經常會提醒學生，當畫面出現的物品（一把鑰匙、一把水果刀、一份報紙、一杯咖啡）停留超過兩秒或出現多次，或是導演用特寫方式呈現，就代表這個物品之後極有可能會再出現，甚至會在往後的劇情中扮演關鍵的角色。同樣的，當畫面上的文字出現超過兩秒時也代表有其重要性，譯者應該將它翻譯出來。

以墨西哥導演艾方索・柯朗 2001 年的影片《你他媽的也是》為例，雖然三位年輕主角在前往「天堂之口」（Boca del Cielo）旅途中的自我探索與成長是這部影片的精髓，但片中也不時提到國內政局與 2000 年的墨西哥總統大選，以及反政府人士的上街示威遊行，因此就應該將牆壁上的塗鴉與文字「El respeto ajeno es la paz.」翻譯出來：「對他人的尊重才能帶來和平」，畢竟這些文字與片中的部分情節是息息相關的，而且鏡頭帶過塗鴉的牆壁至少停留了兩秒，代表有其重要性。

剛開始接觸西語電影字幕翻譯時，常聽業界的夥伴說以前大家習慣找懂英文的譯者來翻譯其他語言的影片，因為當我們拿到影片時其實都已經有英文字幕了（十年前是光碟片，五年前已漸漸改為給譯者影片的連結與密碼，然後可以直接下載與線上收看）。但近年來很多業界人士已經慢慢達成共識，希望可以直接找懂得該語言的譯者來翻譯，因為畢竟每次從一個語言轉換成另一個語言多少都會流失一點原意，或甚至「漏譯」，因此我想上述所提到的例子可能是從西文翻成英文的過程中就未將該句翻譯出來，然後再從英文翻成中文時自然就發生同樣的狀況，所以譯者們在翻譯過程中，應多加留意腳本以外的文字資訊，盡可能避免這種「漏譯」的情形。

（十四）成語或俚語的使用

電影字幕的特色在於螢幕上出現的文字必須和視覺（快速轉換的影像）、聽覺（演員的對白）達到相輔相成的效果，尤其對於外語片而言更為重要，因為它是和目標語觀眾溝通的重要媒介，必須在一閃而過的短時間內協助觀眾接收到正確的訊息。專業口筆譯者許惠珺曾提出：一流的翻譯水準須具備五大要素：原文好、中文好、懂翻譯、懂術語、多練習。而我想其中的「原文好」與「懂術語」則包含了對源語當地文化的認識與了解，像是劇中人物看似簡單的一句話，卻有可能隱藏了說話者背後想傳遞的文化訊息，因此譯者必須對該語言的文化背景與風俗民情有充足的認識，才能正確地將其轉換為目標語。

「成語」是漢語的結晶，不但能呈現語言形式之美，而其中背後的典故更是古人的生活經驗與生命智慧的累積。漢語成語多數由四字所組成，且一般來說都有出處可尋。有些成語大概能從字面上理解意思，而有些則必須知道來源或典故才能懂得其中的內涵，因為成語的涵義不只是單純的表層義、指稱義，其實它們的隱含義、引申義、聯想義更為重要。實際上在電影字幕中也不難發現成語或是俚語的使用，就實際面而言，成語的使用的確能精簡字數，將一長串的原文用四個字來表達含意，既可節省時間也能節省空間。但依照我個人的觀影與翻譯經驗，成語或俚語的使用要盡量以一般人可以在短時間內能理解的為主，畢竟看電影跟閱讀小說不同，閱讀小說可以先中斷然後停下來思考，但電影字幕一閃而過，若使用一個難度較高的四字成語，恐怕將造成理解上的不易，進而影響觀影的流暢度，因此建議電影字幕中不要使用過於艱深的成語。

以《玩美女人》為例，片中 Raimunda 與妹妹 Sole 不贊成鄰居 Agustina 以上直播節目《Donde quiera que estés》的方式來尋找失蹤多年的母親，並說了 Los trapos sucios debemos lavarlos en casa. 這句話。此話的意思是「骯髒的抹布在家裡洗就好」，而字幕上出現「家醜不可外揚」可說恰到好處，畢竟不同語言對同樣的東西有不同的形容方式。例如中文的諺語比喻凡事皆有原因會說「無風不起浪」，英文則說「無火不冒煙」（No smoke without fire.）。中文描寫事物迅速發展會用如「雨後春筍」作比喻，而英語也用如 spring up like mushrooms （像蘑菇般地湧現）來形容。另外，中文會將相同類型的人聚在一起比喻為「物以類聚」，而英語則使用「同羽毛的鳥總是聚在一起」（Birds of a feather flock together.）。

另外，在 2012 年的西班牙賣座喜劇影片《死也要畢業》（*Promoción fantasma*）的字幕翻譯中也出現了不少四字成語，而且都有畫龍點睛的效果。以下用四個範例來說明：

範例 1

片中的文學老師説：Los fantasmas existen como en la obra de Shakespeare para recordar al protagonista que su misión en la vida no ha terminado. 而中文字幕翻譯如下：

鬼魂曾出現在……

莎士比亞的作品中

這令人想起一位壯志未酬的主人翁

當時的情境是文學老師在課堂上解釋莎士比亞的作品，西語的 **su misión en la vida no ha terminado** 意思是「**他在世的任務尚未完成**」，但如此冗長的譯文，譯者卻能巧妙地運用四字成語「**壯志未酬**」來代替。「酬」是指「實現」，整個成語的意思是指潦倒的一生，志向沒有實現就衰老了，亦指抱負尚未實現就去世了。此成語的使用非但未失原意，更精簡了字數，將字數成功地控制在 15 字內，可謂翻譯得恰到好處。

範例 2

片中的校長說：Claro que sí, Modesto, lo he intentado todo. Médium, parapsicólogos y nunca nadie me había hablado de ellos. 而中文字幕翻譯如下：

當然，我無計可施了
找來靈媒和巫師都沒輒

當時的情境是當主角莫德斯托（Modesto）看見校史室的五張學生照片時，他立刻明白他在舊圖書館頂樓所見到的，其實是五個學生的鬼魂。校長向他表明這五位學生喪命於 20 年前畢業舞會的火場中，而這些年來她也想盡辦法「超渡」他們卻都失敗。西文中的 **lo he intentado todo** 其實是表明了校長的無奈，直譯是「**我已試過各種辦法了**」。而譯者巧妙地用了《三國演義》第八回中的成語：「**無計可施**」來代替，因為「計」表「策略、辦法」，而「施」即是「施展」，的確是清楚表示已經沒有其他辦法可用了。在這個範例中，中文的意思符合西語的用法，也將原本冗長的意思精簡譯出。而就我個人而言，覺得或許也可使用《集異記》的相似成語「**束手無策**」來表達，意思表示被捆住雙手，無計策可施，即比喻面對問題時，毫無解決的辦法。

範例 3

片中的莫德斯托說：Supuestamente sois muy amigos, ¿no? No sé. Me gustaría saber si sois tan amigos como decid. Si de verdad os lo habéis contado todo porque a lo mejor uno de vosotros guarda un secreto. Un secreto que os afecta a todos y si es así, yo creo que ya va siendo hora de contarlo, ¿no? 而中文字幕翻譯如下：

你們應該都是好朋友對吧？
來瞧瞧你們麻不麻吉
有沒有互相坦誠以對
因為你們可能有人守著祕密
會影響到所有人的祕密
若是這樣，現在該全盤托出了

影片中天生有陰陽眼的莫德斯托決定幫助年輕女校長解決問題，也就是幫助五位鬼同學完成各自的遺願好永遠離開校園，但首先他希望他們能彼此坦誠相對。西文中的 **va siendo hora de contarlo** 直譯是「**是該把事情說出來的時候了**」，但這樣的字幕顯得過於冗長，也超過台灣目前業界規定的字數上限，因此譯者使用《文明小史・第四十四回》的「**全盤托出**」來代替，該成語比喻毫無隱瞞地完全說出來或拿出來，不但簡潔有力，也讓觀眾一目瞭然。

範例 4

片中的一位女學生瑪莉薇（Mariví）的鬼魂說：Y todo por culpa de Dani. Es que yo no entiendo por qué nos lo ha estado ocultando durante tanto tiempo.

接著安赫菈（Ángela）的鬼魂說：Bueno, porque a veces a la gente le cuesta decir según qué cosas. 而中文字幕翻譯如下：

全是達尼的錯
他幹嘛瞞我們這麼久
人有時就是有難言之隱

原來當年的火警是由其中一位男同學達尼（Dani）不小心引起，但一直到莫德斯托跟他曉以大義後他才承認。正當他的夥伴瑪莉薇對此有所抱怨時，另一位安赫菈卻認為也許他有苦衷。西文中的**le cuesta decir según qué cosas**直譯是「**有些事不好開口**」，但這種翻法顯得字數過多，因此譯者用了成語「**難言之隱**」來呈現，也就是藏在內心深處，難以說出口的事情，在此十分符合達尼的矛盾心情。

電影字幕翻譯非得使用四字成語。
四字成語雖可簡化字數，但仍以觀
衆能在第一時間看懂爲首要原則。

Capítulo 6

西語電影之中文片名探究

電影的功能首重娛樂，其次是教育、重現歷史、反映社會問題等。而精采有效的片名除了能傳遞電影的實際內容，例如影片的核心故事、主角的追尋目標、場景、主題、類型，有時甚至能一體通包。美國名編劇兼製片尼爾．藍道（Neil Landau）在《好電影的法則》一書中曾提出：一個好的電影片名能激起觀眾四種不同的感覺。而我個人則認為，如果搭配國內較為熟知的西語電影來思考的話，電影片名大致可區分如下：（1）迷惑感，如《羊男的迷宮》（*El laberinto del fauno*）；（2）危機感，如《切膚慾謀》（*La piel que habito*）；（3）神祕感，如《靈異孤兒院》（*El orfanato*）、《佈局》（*Contratiempo*）；（4）幽默感，例如《飛常性奮！》（*Los amantes pasajeros*）、《我的媽咪金搖擺》（*La tribu*）。

這幾年來從與不同影展的翻譯合作經驗中得知，電影譯者負責的是影片對白以及預告片的字幕翻譯，但並無翻譯片名的權利，中文片名有時候在譯者接到西文腳本時已決定，但大部分的情形是等翻譯完成後才會由發稿單位決定。不過近年來有不少影展單位在發稿給我的同時，也會提到如果對

片名的譯名有任何建議亦歡迎提出。

電影片名是對作品主題內容、風格類型和情感調性的概括與濃縮，是影視作品的商標，甚至還可能會直接或間接影響票房。在眾多的電影海報中，片名都處於十分醒目的位置，除了是觀眾獲得影片初步印象的窗口，甚至於還有引導目光的作用，讓觀眾第一眼就可直視片名。電影片名也是一種語言符號，可比喻為商品的商標，具有吸引觀眾注意力以及濃縮影片內容的信息功能。也許表面上看來，相較於一長串的電影字幕翻譯，翻譯短短幾個字的片名不是什麼了不起的事情；但事實上，與字幕翻譯一樣，片名的翻譯仍須先觀賞完一整部影片（有時候可能不只看一次）之後，方能開始思考如何給予最適當的中文片名－既不偏離主題與內容，又能符合目標語的風俗民情，甚至還須兼顧商業票房之考量。

適切的片名翻譯不但能給人美的感覺，發揮畫龍點睛的效果，引起觀眾的好奇心，甚至還能帶來好的票房與商業佳績；相對的，不適切的片名翻譯除了可能傳達給觀眾錯誤訊息，更有可能降低觀眾觀影的意願。

（一）電影片名之四大功能

如果你也是電影愛好者，其實不難觀察出外文原片名多以名詞為主，字數偏少且較於平實，經常是出現在影片中的地名、人名或事件名（如：*Dunkirk* 直譯為「敦克爾克」，最後翻譯為《敦克爾克大行動》；*Frida* 直譯為「芙烈達」，最後翻譯為《揮灑烈愛》；*Captain Phillips* 直譯為「菲利普船長」，最後翻譯為《怒海劫》）。而自由度極高的台灣譯名則以強調目標語居多，字數通常比原文多，且傾向創造流行詞彙，但有時候相同的題材似乎又過於遵循同一規範，因此有不少電影往往會被翻譯成「真愛」、「生死戀」、「第六感」（如：《第六感生死戀》、《第六感追緝令》、《第六感生死緣》、《靈異第六感》、《神鬼第六感》）；冒險犯罪電影經常翻譯成「火線」和「神鬼」（如：《神鬼傳奇》、《神鬼戰士》、《神鬼交鋒》、《神鬼認證》、《神鬼奇航》）；驚悚、恐怖動作片則經常被翻譯為「致命」、「終極」、「追緝令」（如：《第六感追緝令》、《黑色追緝令》、《火線追緝令》）。而此過度著重商業市場考量的結果，儘管片名聽起來強而有力，但有時卻容易落入公式化，導致觀眾感覺大同小異，甚至看完影片後混淆不清是哪部片或忘記片名。

另外，在台灣若談起西班牙電影，大部分觀眾應該還是會先聯想到阿莫多瓦（Pedro Almodóvar），但我個人觀察到一個有趣的現象，在台灣上映的阿莫多瓦影片，其中文片名經常被翻譯成與「慾」字有關，如：*La ley del deseo* 直譯為「慾望的法律」，最後譯為《慾望法則》；*Kika* 直譯為「奇佳」，最後譯為《愛慾情狂》；*Carne trémula* 直譯為「顫抖的肉身」，最後譯為《顫抖的慾望》；*La mala educación* 直譯為「壞教育」，最後譯為《壞教慾》；*La piel que habito* 直譯為「我所居住的皮膚」，最後譯為《切膚慾謀》。我認為這也許除了跟他在 1985 年與他的弟弟 Agustín Almodóvar 成立的「慾望製片公司」（El deseo S.A.）有關外，也是因為阿莫多瓦在許多作品中所強調的都是人類應回歸到最原始的本性，而「慾望」以及「情慾」都是當中的重要元素，須正常發洩而不該被壓抑；儘管如此，這樣重複性、接近性的翻譯是否還能一再吸引觀眾就值得探討了。

除了阿莫多瓦的影片外，近年來也觀察到在台灣其他西語電影的中文片名翻譯，有時會太過以市場考量為主，而掀起了中文片名的模仿趨勢。例如 2017 年因西班牙影片《佈局》（*Contratiempo*）（直譯為「倒數時間」）在台灣與韓國走紅，導致接下來的兩部西班牙影片的中文片名也走相似的路線，如：*La niebla y la doncella* 直譯為「迷霧與侍女」，最後翻譯為《設局》；*El reino* 直譯為「王國」，最後則翻譯為《騙局》，甚至於連 2018 年的比利時影片 *Une part d'ombre aka*（英文：*The Benefit of the Doubt*），直譯為「懷疑的好處」，最後中文片名也翻譯為《劫局》。

其實近年來在台灣上映的西語影片，其中文片名有許多佳作，例如 *Voces inocentes*（直譯是「單純的聲音」）描述的是薩爾瓦多內戰期間，因成年人死傷慘重，導致國家開始徵召未成年男子上戰場，甚至連剛滿 12 歲的小朋友也會被政府軍徵召去當童兵，而在台灣中文片名翻譯為《純真 11 歲》其實十分傳神，也相當到位，因為單純快樂的童年生活只到 11 歲。又例如替西班牙贏得奧斯卡金像獎最佳外語片的 *Mar adentro*（直譯「海洋深處」）是改編自 Ramón Sampedro 這位西班牙人的真人真事，主要探討安樂死議題，其中文片名譯為《點燃生命之海》，不但保留海洋一詞，更加入生命核心議題，讓觀眾一看片名就對影片類型略知一二。

影視片名的主要任務就是用簡潔的幾個字概括片子的內容與主題，短短幾個字的片名承載著傳遞信息、文化交流、引發觀眾好奇心，進而達到刺激商業票房的可能性。在影視片名的翻譯過程中，學者謝紅秀在《譯者的適應和選擇：中國影視翻譯研究》一書中表示須重視以下四項原則：（1）**信息傳遞原則**：片名對於影片而言，就如同地圖於旅人，或是矗立在海岸邊的燈塔，有指引方向的作用，片名濃縮了整部作品的電影語言，負責傳遞影片的相關信息。（2）**文化重構原則**：由於各民族的文化背景差異頗大，因此不符合目標語文化的電影片名很難得到觀眾的青睞，譯者應該正確把握兩個國家的文化信息，然後進行轉譯，以求在原文文化和目標語文化中達到盡可能的功能對等。（3）**美學欣賞原則**：除了傳遞影片的主題信息外，出色的影視作品譯名還可以在同檔期的眾多電影中脫穎而出，而這就需要譯者在影片翻譯時注意美學欣賞原則，選用容易為目標語觀眾理解並符合美學修辭的表達。（4）**票房商業原則**：譯者在翻譯影視作品的片名時，應該在忠於作品內容與美學價值的前提下，打造觀眾喜聞樂見的譯名，進而吸引觀眾的注意，激發觀眾的觀看意願，發揮影片的商業價值。

（二）電影片名翻譯之六大策略

學者謝紅秀同時也指出，目前外語片名翻成中文主要採取以下幾種方法：（1）音譯、（2）直譯、（3）意譯、（4）增譯、（5）減譯、（6）改譯。

（1）**音譯**：與中文影視作品相比，歐美影片比較常使用劇中主角、故事發生的地名或某歷史事件作為片名，在面對這樣的外語片時，其實最簡便的翻譯方法就是音譯。而在台灣也有一些大家耳熟能詳的音譯例子，如：*Chicago* →《芝加哥》、*Avatar* →《阿凡達》、*Munich* →《慕尼黑》、*Annabelle* →《安娜貝爾》。但我認為並非所有包含人名與地名的片名都適合音譯，適合音譯的通常是大家較熟悉的人名、地名和事件。如果不是台灣觀眾所熟悉的人名或地名，加上有些外國人名或地名翻成中文讀起來較不順口，在此情況下，如果只單純音譯，反而沒有達到信息的傳達和商業功能。

例如 2017 年有一部以地名命名的大片 *Dunkirk*（獲得奧

斯卡金像獎三大獎項）在台灣就不適合採用「音譯」策略。其實 Dunkirk 是位於法國北部的臨海市鎮，距離比利時只有十公里，但畢竟台灣觀眾對此地名並不熟悉，因此在台灣最後採用「增譯」策略，以《敦克爾克大行動》的片名問世，相信加上「大行動」三個字，觀眾會比較容易將影片與描寫某歷史戰役做聯想。事實上，近年來在台灣上映的西語影片也不乏以人名或地名命名的作品，但其中文片名都非採用「音譯」策略，如：智利電影 *Gloria* 翻成《去她的第二春》、墨西哥電影 *Rosario* 翻成《羅薩里奧的抉擇》、阿根廷電影 *Hawaii* 翻成《我心遺忘夏威夷》。上述的三部影片，第一部採用的是「意譯」策略，第二部與第三部則採用了「增譯」策略。

（2）**直譯**：直譯是根據源自語和目標語的特點，在最大限度內保留原片名的意義進行翻譯。簡而言之，就是將原片名的字面意思直接用目標語表達出來。雖然各國文化之間存在不少差異，但還是可以發現兩者存有一些共同之處。所以我認為直譯的好處是可保留原片名的內容和形式，不但能保有原片名的原貌，也可避免在中文片名大搞噱頭或過度玩起文字遊戲而引起的爭辯。

這種直譯方式在台灣也有不少例子，英文影片如：*Dances with Wolves* 譯為《與狼共舞》、*National Treasure* 譯為《國家寶藏》、*Star Wars* 譯為《星際大戰》、*The Lion King* 譯為《獅子王》、*The Talented Mr. Ripley* 譯為《天才雷

普利》、*The Imitation Game* 譯為《模仿遊戲》、*Birdman* 譯為《鳥人》；而西文影片如：*Los abrazos rotos* 譯為《破碎的擁抱》、*Dolor y gloria* 譯為《痛苦與榮耀》。另外，講述一位老人迷失在失智症幻覺中且獲得奧斯卡金像獎六項提名的2020年強片 *The Father* 在台灣也直譯為《父親》，但在中國則譯為《困在時間裡的父親》，在香港則譯為《爸爸可否不要老》。

（3）**意譯**：當有些影視作品，其原文片名的思想內容與譯文有很大差異時，或是片名含有特別的典故與特定的文化內涵時，應採用意譯的方法翻譯。簡單說，就是根據原來的影片「內容」來翻譯片名，捨棄原片名的形式，在搭配目標語的風俗民情以及觀眾能理解與接受的情形下進行意譯。意譯與直譯的區別主要表現在表達形式上，直譯具有直接性，意譯就是結合影片片名和內容所進行的一種意義翻譯手法，具有「間接性」和「綜合性」。

其實台灣的外片中譯，很多時候都採用「意譯」策略，以下舉例可簡單說明：影片 *Milk* 在台灣翻譯為《自由大道》，此片改編自真人真事，目的在強調當年美國首位勇於出櫃的同志議員 Harvey Milk 努力用生命，為愛與自由平等而戰，儘管米克（Milk）最終死於政治暗殺，但還是為美國人權寫下傳奇的一頁。還有影片 *Shame* 在台灣翻成《性愛成癮的男人》，這樣的片名想必已經引起許多觀眾的好奇，具備了十足的文字張力與商業票房潛力，且非常符合影片的內容：豐沛卻壓抑的情感、探索性慾底線、性愛爭議。另外，同樣也是根據真人真事改拍的電影 *Woman In Gold* 在台灣翻成《名畫的控訴》，其實 Woman In Gold 是奧地利名畫家克林姆（Gustav Klimt, 1862-1918）的知名畫作，但如果將中文片名直譯的話應該很難吸引台灣的觀眾，因為畢竟克林姆與這幅畫的知名度在台灣仍不夠，所以翻成《名畫的控訴》同樣也兼具了訊息傳遞、文化重構、美學欣賞、商業票房等功能。

（4）**增譯**：由於觀眾對外國影片的背景有時瞭解不夠，因此譯者在翻譯過程中，為了達到忠實影片內容，與兼顧觀眾語言文化習慣的目的，此時則需要適當加一些輔助詞來增加片名的信息，解釋影片的內容，使翻譯片名更有導向性。

此類型的翻譯方法實例如下，粗體字的部分為增譯的文字，英文片如：*Night at the Museum* 譯為《博物館**驚魂**夜》、*The Ghost Writer* 譯為《**獵殺**幽靈寫手》。另外，西文片如：*El orfanato* →《**靈異**孤兒院》、*Hable con ella* →《**悄悄**告訴她》、*Julieta* →《**沉默**茱麗葉》。還有這幾年我所翻譯的西文片，其中文片名也不乏使用增譯策略，如：*No tengas miedo* →《**親愛的**別怕》、*La demora* →《**愛不**宜遲》、*Después de Lucía* →《露西亞**離開**之後》、*600 millas* →《**命懸**六百哩》、*El futuro perfecto* →《**人生**未來完成式》、*El bar* →《**抓狂**酒吧》、*Fin de siglo* →《世紀末**遇見你**》。

（5）**減譯**：翻譯影視片名時有可能會使用減譯的策略，但減譯並不意味著片名可以一味追求簡潔，而對原文隨意壓縮或刪減，導致準確性不足。使用減譯策略的前提，是須考慮譯名與劇情的關聯性以及目標語觀眾的接受程度。這種情形常發生在好萊塢的影片，當票房創了佳績後會順勢推出續集，而且續集常有副標題以突顯該片之特性。

然而為了方便影片宣傳，譯者有時會省略副標題，而用數字代替，如：*Bridget Jones: The Edge of Reason*，中文雖翻譯為《BJ 單身日記 2：男人禍水》，但是一般觀眾可能只記得進到電影院看的是《BJ 單身日記》（*Bridget Jones's Diary*）的續集，而副標題「*The Edge of Reason*」的翻譯似乎就沒那麼重要。「金髮尤物」系列也是，觀眾看完《金髮尤物 2：白宮粉緊張》（*Legally Blonde 2: Red, White & Blonde*）之後，應該也只記得看過金髮尤物的第二集。另外還有「神鬼奇航」系列也是，多數觀眾到後來只會記得看的是《神鬼奇航》的第幾集，很少人會記得副標題為何。

（6）**改譯**：當直譯無法完整傳達信息時，可以做一些細微的調整，就是改譯。而改譯與意譯比較容易被搞混，兩者最大的不同點在於「改譯」的目標語仍會保留部分原文的字詞與意義，但「意譯」則做大幅度的修改，甚至從譯出來的片名也許完全看不出原片名的蹤跡。

以知名動畫片 *Frozen* 為例，若直譯為「冰天雪地」雖然通順卻缺乏美感，但翻成《冰雪奇緣》就增加了期待性與可看性，觀眾可立刻知道這是個發生在冰天雪地裡的浪漫愛情故事。其他的例子還有 *Home Alone* 直譯為「獨自在家」，最後譯為《小鬼當家》；*Transformers* 直譯為「變壓器」，最後譯為《變形金剛》；*Mar adentro* 直譯為「海洋裡面」，最後譯為《點燃生命之海》。而在我翻譯的西語片中，中文片名使用「改譯」策略的有：*Tarde para la ira* 直譯為「太晚生氣」，最後翻譯為《漫漫憤怒道》，以及 *Conejos para vender* 直譯為「販賣的兔子」，最後翻譯為《戀兔不求售》。

（三）實例分析

其實在台灣的西語電影，其中文片名也有些值得討論的例子，以阿莫多瓦 2006 年的 *Volver* 為例，中文翻成《玩美女人》其實有點難以捉摸，因為西班牙文的 volver 原本是「返回」、「回歸」、「歸鄉」的意思。*Volver* 這個原文片名在劇中與劇外都有其特別含意：在劇中 volver 象徵女主角 Raimunda 與母親 Irene 之前破裂關係的修復，「回到」以前一家人快樂的共處時光；在戲外，象徵導演阿莫多瓦「回到」自己的家鄉 Castilla La-Mancha 拍片，同時也是在睽違了近 20 年後再度與之前的老班底卡門・莫拉（Carmen Maura）以及秋思・蘭普里艾薇（Chus Lampreave）合作。但《玩美女人》這中譯片名似乎較著重於這是一部女性電影，較不著重這是一部探討祖孫三代親情的感人劇情片，而這樣的片名可能會被觀眾誤以為是愛情片或喜劇片，我想這點值得大家再思考一下。

我以翻譯過的幾部西語影片之中譯片名進行實例分析。

1. 《切膚慾謀》（*La piel que habito*）

此片為西班牙享譽國際知名導演阿莫多瓦之作，影片描述一位外科整形醫師羅伯特·雷德加（Robert Ledgard），因傷痛妻子意外燒傷後的跳樓自殺，所以培養出一種可以抵禦外界任何攻擊的精製人皮。羅伯特的女兒諾瑪（Norma）長年生活在母親墜樓在她眼前的陰影下，逐漸患有社交恐懼症。在好不容易病情好轉之際，卻又在一場婚禮宴會中險遭一名年輕男子維森特（Vicente）試圖強暴而加重病情，最後完全崩潰並選擇走上母親當年跳樓自殺結束生命之路。痛失愛女的羅伯特極為憤怒並決定綁架這名傷害女兒的男子，並將男子囚禁在家中的地下室，更用他最擅長的整形手術將男子變性。但原本只是想報復和從事人皮實驗的羅伯特，竟在變性手術後愛上了她（他）。於是，一場離奇詭譎與愛慾交錯的報復行動令兩人緊緊纏繞在一起，直至毀滅。

La piel que habito 的英文片名為 *The Skin I Live In*，若直譯的話就是「我所居住的皮膚」，而《切膚慾謀》的中文片名採用了「改譯」的策略。La piel 就是「皮膚」，而中文片名的「切膚」則可以分開解釋：整形外科醫師羅伯特強制將維森特迷昏，送他上手術台，「切」除他的男性生殖器，裝上一個人工陰道，而切「膚」也可以解釋為換「膚」，醫生為他換上一層自己研發出來的人工皮膚。至於「慾謀」二字，首先，這的確是一部充滿人類原始「慾」望的電影：情慾、

愛慾、性慾、占有慾、報復慾。另外，劇情也充滿了計「謀」與「謀」算，老「謀」深算的羅伯特誤以為女兒諾瑪已經被維森特所強暴，於是調查出這名男子並加以跟蹤並綁架他，而且為了報復他，更將他變性為一個外表很像他已故老婆的女子，並打算將她（他）終生軟禁，卻不料最後竟意外愛上她（他），但卻也慘死在她（他）的槍下。《切膚慾謀》的中文片名的確符合影片懸疑、暴力、黑色、甚至於變態的調性，且保留劇情中的精髓：皮膚，可說是相當貼近影片內容且容易引起觀眾好奇的中文譯名，也的確符合了信息傳遞原則、文化重構原則、美學欣賞原則、票房商業原則。

2. 《時代啟示錄》（*También la lluvia*）

「啟示錄」一詞源自於希臘語，含有「揭示」或「顯露」的意思，亦即將隱藏已久的事情揭露出來。同時〈啟示錄〉也是《新約聖經》收錄的最後一個作品，其內容含意是正面的，不會讓事奉上帝的人感到害怕，雖然很多人一聽見「啟示錄」就聯想到大災難，可是〈啟示錄〉的開頭和結尾都指出一個人若能閱讀和明白這書中含意且又遵守書上的指示，就會得到福分。至於《時代啟示錄》，這是一部關於拍電影的影片，故事講述一個西班牙的電影劇組團隊來到玻利維亞取景，試圖還原五百年前哥倫布（Cristóbal Colón）於 1492 發現美洲新大陸的歷史故事。

片中的年輕導演懷抱著人道主義的理想，意圖呈現當年西班牙人如何虐待並屠殺當地印地安人的血淚史，比方說強迫他們到河裡淘金，同時也強迫他們改信天主教，不服從者便會葬身於火堆中。但片中的劇組在拍攝過程卻巧遇 2000 年 4 月真實發生在玻利維亞第三大城哥查班巴（Cochabamba，60% 居民為印地安人）的水資源戰爭（Guerra de Agua）。當地以印地安人為主的居民，因抗議政府為了還債而將自來水的經營權交由以英國與西班牙為主的跨國水公司，而發生慘烈的街頭戰爭。因為當地居民不但付不起調漲後的水費，甚至連儲存大自然雨水的權利也被剝奪了，所以人民與當地政府的衝突越演越烈，整座城市實施宵禁並進入戒嚴，拍攝工作也被迫中止，最後更引起國際關注並介入調停。此片拍攝現場的歷史重現和現實街頭戰場的相互對照，辯證著電影中的歷史與現實，也就是五百年前受殖民者欺壓的印地安人，過了五百年後仍是現代資本主義下的弱勢受害者。

這部西班牙優秀女導演伊希亞・波亞因（Icíar Bollaín）的作品曾代表西班牙角逐奧斯卡金像獎最佳外語片。其中文片名採用「意譯」策略在台灣翻譯成《時代啟示錄》，有著濃厚的宗教「出世」意味。但影片的內容雖然提及了當年的西班牙殖民者強迫印地安人信奉天主教，凡不接受者皆會被釘在十字架上活活燒死，但若以整部影片的內容而言，真實發生在 2000 年 4 月的水資源戰爭才是導演想重現的重點，又可說是一部相當「入世」的寫實作品。

《時代啟示錄》的片名除了會讓人直接與宗教做聯想之外，且似乎有點忽略了原片名的關鍵字：「雨水」（lluvia）。*También la lluvia* 在美國上映時被譯為 *Even the Rain*，兩種語言在字面上的意思都是「連雨水也是」，也就是當地居民連使用大自然雨水的權利都沒有，正如同影片中一位抗議婦女所說：「現在沒有使用雨水的權利，接下來是否連呼吸的權利都要被政府剝奪？」若配合影片中的水資源戰爭，《時代啟示錄》這片名雖然顧及了文字優美的原則，但在信息傳遞原則與文化重構原則上似乎稍嫌不足。因此個人認為也許可將影片譯為「背水一戰」，因為除了將「雨水」與「戰爭」這兩大重點保留之外，也算是貼近影片的調性，較不容易被觀眾誤解。

3. 《我的雙面童年》（*Infancia clandestina*）

一名十二歲的阿根廷男孩璜（Juan）依照父母親在錄音機錄下的指示，跟著父母親的同黨同志，以假身分艾爾涅斯多（Ernesto）從流亡的古巴輾轉經由巴西再潛逃回到自己的國家阿根廷。璜的父母其實是當時阿根廷社會的激進派革命份子，因政治因素被迫在古巴流亡多年，會將孩子取名為璜是為了紀念他們的擁護者，也就是阿根廷的前總統璜．裴隆（Juan Perón），而全家隱姓埋名時幫孩子取的假名艾爾涅斯多也是為了紀念拉丁美洲的革命英雄切．格瓦拉（Ernesto Che Guevara）。這是一部充滿濃濃政治味的影片，璜的父母親因極為敏感的政治立場而被當時的獨裁軍政府列為追捕對象，而中文片名的「雙面童年」也清楚描繪出璜的雙重身分與其有別於一般同年齡孩子的生活。父母親表面上從事巧克力花生的小生意，但其實卻與同黨同志策動激烈的反政府活動，璜無法享有正常的童年樂趣，因為只要稍有動靜，他就必須推著九個月大的妹妹維琪（Vicky）躲進後院倉庫的彈藥密室中。

這部電影不僅重現了阿根廷的骯髒戰爭（Guerra sucia）以及 1976 至 1983 年的軍事獨裁時期，也是改編自導演班赫明・阿維拉（Benjamín Ávila）的童年真實遭遇，透過影片讓更多人了解阿根廷的過去黑暗史以及國家轉型下受害者的人生經歷。同時這也是一部以小孩子的視角透視當年阿根廷那段黑暗史的影片，片名 *Infancia clandestina* 的直譯為「地下童年」，然而在台灣同時採用了「增譯」與「改譯」的策略將影片譯為《我的雙面童年》。「增譯」的部分強調「我的」，因為影片中大部分劇情都是以小男孩的視角帶領觀眾一探他的童年遭遇，包括父母親與其他游擊隊員的祕密集會、學校生活以及剛萌芽卻稍縱即逝的愛情初體驗。而「改譯」的部分則在於 clandestina 與「雙面」二字，原文片名中 clandestina 意思是「地下的」、「暗中進行的」，在台灣使用「雙面」一詞來描寫小男孩璜與艾爾涅斯多的雙重身分（假名字、假護照、假的出生日期）與不平凡的童年，除了能引起觀眾的好奇心之外，也使觀眾進一步了解電影中的歷史背景與小男孩與妹妹令人不捨的遭遇。因此《我的雙面童年》的中文片名的確符合了信息傳遞原則、文化重構原則、美學欣賞原則、票房商業原則。

4. 《飛常性奮！》（*Los amantes pasajeros*）

看似一切正常運作的馬德里機場，卻發現剛起飛的半島航空 2549 班機因地勤人員的疏失，導致飛機起落架故障，而無法在墨西哥順利降落。畫面一轉，經濟艙的乘客和空姐都睡著了，當然並非巧合，而是機長為了避免造成乘客不必要的恐慌，要求空服員在餐點中加了肌肉鬆弛劑，所以在空中危機解除前，所有人都會呈現昏睡狀態。但同時頭等艙的機靈乘客們卻注意到機上的不尋常狀況，因此輪番前往駕駛艙要求機長說明。接著劇情帶入本片的主要角色：雙性戀的已婚機長、堅持自己是直男的副機長、三名同性戀男空服員、一名感覺自己將會破處的年輕女靈媒、一名前往墨西哥執行任務的刺客、一名捲款潛逃至墨西哥的銀行員、一位中年的色情片女星以及一對無知的新婚夫妻。接下來的航程中，為了舒緩大家的緊繃情緒，三名男空服員除了上演精彩的歌舞秀，更在特調雞尾酒中加入快樂丸，讓原本頭等艙劍拔弩張的氛圍逐漸緩和，乘客們也逐漸放飛自我，娓娓道出各自心中的秘密以及生活中的窘境。藥效過後，大家對各自的人生有了新的方向與不同見解，而此時機長也宣布已接獲墨西哥機場准許 2549 班機降落的好消息。

這部電影為西班牙知名導演阿莫多瓦於 2013 年拍攝的黑色喜劇，此片頗有導演 80 年代荒誕可笑與誇張不實的風格，描述的是在面臨空難時最真實的人「性」大考驗，此外，從乘客到機組人員也都毫不保留地顯露出自己的「性」慾。原片名 *Los amantes pasajeros* 在台灣被譯為《飛常性奮！》，主要應該與英文片名 *I'm so excited!* 相呼應。中文片名融合了劇情，採用的是「意譯」策略，當然也玩了文字遊戲，描繪在「飛」機機艙的空間裡，頭等艙旅客與機組人員放「飛」自我，達到「性」高潮的片段。當然《飛常性奮！》四字也搭配出整部影片的調性，算是符合了信息傳遞原則、文化重構原則、美學欣賞原則、票房商業原則。

5. 《維多快跑》（*7 cajas*）

在電影工業不是那麼發達的巴拉圭，導演璜・卡洛斯・馬內葛利亞（Juan Carlos Maneglia）倒是以《維多快跑》一片讓世人注意到南美洲除了阿根廷與智利外，還有另一個具有電影發展潛力的國家。劇情描述在首都亞松森（Asunción）的四號市場中，17 歲的少年維多（Víctor）成天看著電視連續劇，夢想自己有天也能成為家喻戶曉的偶像明星，但現實生活中他只是個市場中靠推獨輪車運貨謀生的窮小孩，連手機都買不起，又如何能成名。在陰錯陽差下，抵擋不了 100 美元誘惑的維多接下了一個運送七個神祕木箱的生意，雖然只需將木箱運送到八個街區外的目的地，但這項看似簡單的任務卻在搬運過程中越顯複雜。原來七個箱子裡裝的竟是一個屍體的不同部位，原本只需搬運箱子就可以賺到酬勞的維多卻意外捲入一宗凶殺案，不但各方惡霸想追回七個箱子，連警察也獲報想抓到維多這名關鍵人物，在歷經了一段瘋狂的街頭追逐後，劇情導向了一個令人意外的結局。

《維多快跑》全片的多數鏡頭都穿梭於擁擠的四號市場中，導演使用黑色幽默的手法對人性的貪婪與荒謬提出某種程度的控訴。此片的西語原片名 *7 cajas* 直譯是「七個箱子」，其中文片名在 2013 年的高雄電影節採用了「意譯」策略，將影片譯為《維多快跑》，也許是因為男主角維多的青梅竹馬在他被黑道與警察的夾殺過程中不斷對他大喊：Corre, Víctor, corre.（快跑，維多，快跑）。我想這樣的中文譯法或許較著重商業票房考量，希望藉由生動的片名進而喚起觀眾的好奇心；然而這樣的中文片名卻也有可能讓觀眾以為是喜劇片或不太容易猜到影片的調性。英文片名直接譯為 *7 Boxes*，但如果使用「直譯」將此片譯為「七個箱子」或簡譯為「七箱」似乎又未顧及美學欣賞原則，因此我認為也許可採用「增譯」策略翻譯為「七箱劫」，因為除了保留了原片名當中的七個箱子，另外的「劫」代表的是劫數，是男主角維多一接下此任務的同時就註定難逃的一劫，而且這樣的片名也會讓影片的內容與懸疑緊張的調性顯而易見。

6.《抓狂酒吧》（*El bar*）

本片為西班牙黑色電影（cine negro）大師艾利克斯·德·拉·伊格萊西亞（Álex de la Iglesia）又一部揭露人性善惡兩面之作，劇中台詞「El miedo nos muestra como somos.」（害怕使我們露出本性）道出本片之精髓。電影海報中的八位主角（老闆娘、男服務生以及酒吧中的六位客人：大鬍子電視廣告達人、急著去會網友的嬌嬌女、渾身散發惡臭的街友、沉迷於酒吧拉霸機的婦人、因酗酒而遭辭退的刑警、專賣女性內衣褲的失意業務）因疑似被傳染了伊波拉病毒而被迫關在這間酒吧中，誰敢往外踏出一步就會立刻遭到警察擊斃。我個人覺得這是西班牙版的「密室逃脫」。首先，三個人因懷疑另外五個人已感染伊波拉病毒而將他們驅趕到地下室的倉庫，隨即這五個人因為只找到四劑血清素而開始內鬥，誰都想注射到那救命的血清素，但影片最後只有一個人順利從下水道逃脫。

其實《抓狂酒吧》講的就是黑暗面遠多於光明面的人性，而這也是導演最擅長處理的議題。坪數不大的「小酒吧」其實就是外面「大社會」的縮影。影片中分別來自社會不同階層的八個人，用餐時雖彼此談笑自如，但在面臨生死存亡的高壓時刻，真正掌握話語權與生死決定權的不見得是社會位階權力較高的人，而這應該也是導演刻意地翻轉與安排，讓過去總被欺壓的底層人物有機會反過來怒斥與掌控上層人物的生死。而影片中另外被暗諷的對象還有西班牙的政府與媒體，在面對伊波拉病毒有可能向外擴散的情形下，西班牙政府選擇了寧可錯殺一百，也不能放過一人的愚蠢策略，而被蒙在鼓裡的西班牙電視媒體也選擇相信政府，不進一步查證，反而不斷向全國大眾傳遞錯誤的假訊息。

El bar 在美國直接譯為 *The Bar*，而在台灣則採用了「增譯」策略譯為《抓狂酒吧》。首先，我想先釐清 bar 這個字在兩個國家之間的文化差異，bar 在台灣雖然一般人會稱之為酒吧，但卻跟台灣人所認知的一般酒吧不盡相同。西班牙三步一小間、五步一大間的 bar 雖然也供給各式酒精飲品，但更多人是進去喝咖啡、吃點心，尤其許多 bar 都是早上 7 點就營業，讓大家可以進去吃早餐，更不用說他們提供的午餐與晚餐更是琳瑯滿目，可以滿足許多在地人與觀光客的味蕾。而《抓狂酒吧》的譯名保留了原本的「酒吧」，加上了「抓狂」二字算是經典而到位，因為劇中人物原本只是前後進到這間酒吧吃早餐，卻不料被警方鎖定而無法進出。在面臨生死存亡的重要關鍵，八個人開始互相猜疑、彼此算計，最後更變得歇斯底里、瀕臨崩潰、幾近抓狂。

7. 《大人的模樣》（*Los niños*）

這一部智利長片以紀錄片的方式描述了一群患有唐氏症「小孩子」（los niños）的故事。他們在同一所學校待了 40 多年，並且已經完成了所有課業。他們在那裡待的時間比所有老師都長，甚至有些曾經陪伴他們的父母親已經不在了。現在他們必須為找到一份更好的工作而努力奮鬥，像其他人一樣學會照顧好自己，並且在 50 歲之前安排好自己的成年人生活，因為一踏進社會就沒有人會再把他們看成小孩子了。但問題是他們真正準備好挑戰他們的未來生活了嗎？外面的社會已經準備好接納他們了嗎？女導演麥德．雅貝迪（Maite Alberdi）以幽默、輕鬆甚至逗趣的方式描述了這一群大孩子的生活，但他們一離開學校是否真有辦法在外面過著一般人的生活才是導演要大家重視的議題。

「唐氏症寶寶」的名稱總會讓人忽略當他們成年、或進入老年，在沒有父母親陪伴下的生活會是怎樣？正如同海報上的文字「¿Qué adulto soñaste ser?」（你曾夢想成為怎麼樣的大人？），唐氏症小朋友也會有長大的一天，他們對自己的未來也會有憧憬。台灣國際女性影展將中文片名採用「意譯」策略翻為《大人的模樣》，剛好和原文的「小孩子」（los niños）完全相反，強調的正是這些小孩子在長大成人之後，在即將離開機構的前夕，即便未來不可知，但他們其實對未來，不論是工作或是婚姻都有所期待，在各自的腦中也逐漸架構起大人應有的模樣。

8. 《凌刑密密縫》（*Musarañas*）

2014 年獲得西班牙哥雅影展（Premios Goya）多項提名的驚悚之作《凌刑密密縫》，導演將故事主軸安排在 1950 年代的馬德里，患有廣場恐懼症的姊姊夢西（Montse）因嚴重心靈創傷而足不出戶，靠著幫人縫製衣服獨自扶養妹妹長大。夢西眼見即將年滿 18 歲的妹妹開始和異性約會，步入中年的姊姊卻依舊困在過去的時間陰霾裡，亦即媽媽過世之後，變態又病態的父親將對太太的愛轉移到她身上，並對她長年性侵且不准她出門。個性迥異的姊妹衝突越演越烈，而原本已經開始不平靜的生活，更隨著某日樓上帥氣的鄰居卡洛斯（Carlos）下樓時不慎失足跌昏在夢西家門口而更顯複雜。與外界隔絕多年的夢西一開始只想細心照顧這位意外跌落的鄰居，但一輩子都沒談過戀愛的她卻漸漸對卡洛斯產生愛慕之情。幾天後在妹妹的警告下，卡洛斯才驚覺他其實是被柔性綁架了，夢西不但一直採用拖延戰術想辦法留住他，甚至就在卡洛斯三番兩次逃脫失敗後，夢西更使出她的針線絕活，用一針一線將卡洛斯的小腿牢牢地與床單縫在一起，使他完全無法下床。最後是妹妹與卡洛斯聯手才將姊姊擊垮，但就在姊姊臨死前才跟妹妹道出她過去的不堪，其實她的妹妹同時就是她的女兒。

原片名 *Musarañas* 是「鼩鼱」的意思。這種動物的生性孤僻且習慣離群索居，體型雖小但攻擊性卻很強，往往可以擊敗體型比牠大幾倍的敵人。男主角卡洛斯曾跟妹妹說妳就像一隻 musaraña，但妹妹說這房子裡真正可怕的是她姊姊，因此片名使用 musaraña 的複數不難理解就是指姊妹兩人。金馬奇幻影展將影片翻譯為《凌刑密密縫》是完全採用「意譯」的策略，光聽片名可能就令人毛骨悚然。英文片名翻為 *Shrew's Nest*，這裡的 nest 當然指的就是兩姊妹所居住的大牢籠，而 shrew 除了有「鼩鼱」的意思，另一個意思是悍婦或是潑婦。但我個人認為《凌刑密密縫》這片名雖有點抽象但卻留給觀眾很大的想像空間，也許也有顧及到票房的考量，尤其是看到影片中的那一幕，當卡洛斯的小腿被夢西用針線跟床單緊緊縫在一起時，才驚覺原來中文片名是這樣的由來。

9. 《夢遊亞馬遜》（*El abrazo de la serpiente*）

此部哥倫比亞影片是新生代導演希羅·蓋拉（Ciro Guerra）的第三部作品，其第二部作品《魔咒手風琴》（*Los viajes del viento*）風格獨特，也曾在台灣上映。《夢遊亞馬遜》曾榮獲 2016 年奧斯卡金像獎最佳外語片入圍，全片在亞馬遜叢林實景拍攝，並充滿拉美魔幻與寫實交錯的氣味。

此片由兩條敘事軸架構而成，第一段故事描述 1909 年一名德國科學家在亞馬遜叢林中罹患了怪病，在土著友人的陪同下向幾乎被屠殺殆盡的原住民巫醫卡拉馬卡德（Karamakate）求助，他們順著蜿蜒的河流搜尋能治病的神祕植物亞克魯納（yakruna）以及失散的柯瓦諾（cohiuano）族人，只不過沿途映入眼簾的卻是西方白人的殖民勢力對當地土著的各種凌虐與欺壓。第二段故事則發生在 1941 年，一名受失眠所苦的美國植物學家再度踏上這片充滿神祕與未知的熱帶雨林，請求這位已經年邁的巫醫再次帶領他前往尋找當年德國科學家以手寫方式記載的那株神祕植物。但隨著兩人的獨木舟慢慢深入雨林，雨林中原本沉睡的黑暗記憶逐漸被喚醒，導演再度以神祕的傳說進一步暗喻原住民遭受西方殖民的不平與剝削，同時也嚴厲指控殖民者的貪婪與私心。

El abrazo de la serpiente（英文片名 *Embrace of the Serpent*）直譯的話是「蛇的擁抱」。根據導演的說法，在亞馬遜古老傳說中，外星人是乘坐巨蟒來到當地並傳授給土著農耕、打獵、捕魚的技巧，而返回銀河系的外星人所留下的巨蟒最後化身成為河流，但若真有族人需要，巨蟒將會從天而降，引導他們進入另一個時空，看見不同世界，得到他們想要的答案。其實不難觀察出英文片名多採用「直譯」策略將西文直接翻成英文。但對於台灣觀眾而言，「蛇的擁抱」過於抽象且不容易看出影片的類型，而《夢遊亞馬遜》所採用的是「意譯」策略，除了直接點出故事的發生點「亞馬遜」讓觀眾有基本概念外，也由於這整部影片以黑白呈現，將兩個前後相距三十年的故事以魔幻與寫實的方式交疊呈現，的確讓觀眾感覺猶如置身夢境。因此，《夢遊亞馬遜》確實符合了電影片名翻譯的四項原則：信息傳遞原則、文化重構原則、美學欣賞原則、票房商業原則。

10. 《追心披頭四》（*Vivir es fácil con los ojos cerrados*）

此片為 2014 年西班牙哥雅影展的最大贏家，導演大衛·特魯瓦（David Trueba）也以此片為自己拿下最佳影片、最佳導演、最佳原創劇本等重要獎項。《追心披頭四》以幽默溫馨的風格帶領觀眾重回 60 年代青春美好的搖滾時光。故事描述一位中學英文老師安東尼歐（Antonio）是約翰．藍儂（John Lennon）的鐵粉，在課堂上經常藉由偶像披頭四（The Beatles）的流行歌曲教英文。1966 年的某日，在得知約翰．藍儂即將來到西班牙的阿爾梅里亞（Almería）拍片後，興奮的他決定先放下一切，驅車前往拍片現場與偶像見面。追星途中他認識了兩位與他年齡相差不小的年輕人：一位剛逃離、被監禁在修道院的 20 歲未婚孕婦貝蓮（Belén），以及一位極欲擺脫父親打罵教育體制的 16 歲年輕人瓉荷（Juanjo）。儘管有著年齡上的差距，但極欲擺脫壓迫現狀的共同點使三個孤單的靈魂在追星公路上成為彼此重要的夥伴。另外，在電影中不斷被哼唱的歌曲〈永遠的草莓園〉（Strawberry Field Forever），其實是約翰．藍儂在西班牙拍電影時寫的，但直到 1976 年才發行。

歐美影片有時會以片中的某一句台詞為片名，在這部實現個人夢想的公路電影中，安東尼歐的這句話「Vivir es fácil con los ojos cerrados」中文意指「閉上雙眼比較容易過活」或是「眼不見為淨日子比較好過」，大概就是「睜一隻眼，閉一隻眼，凡事不用太過於執著與計較」的意思，但這樣的片名除了過於冗長，也容易貽笑大方。高雄電影節將影片翻譯為《追心披頭四》其實恰如其分，除了顧及了電影片名翻譯的四大原則，更在片名中直接點出影片的核心之一：披頭四樂團。另外，使用「追心」來代替「追星」也是頗具巧思，儘管三個主角是去追星，但如果配合影片的內容，用「追心」確實更貼切也更能引起觀眾的共鳴，因為這趟公路之旅其實是三人心靈的成長之旅，自由和夢想是旅程的核心，他們不僅要尋找自己的偶像，更要尋找自己。

11.《我心遺忘夏威夷》（*Hawaii*）

此片為阿根廷導演馬可・柏格（Marco Berger）的第三部長片，馬可的影片有兩大特點，除了許多影片片名使用單一個字，如 *Ausente*、*Hawaii*、*Mariposa*、*Taekwondo*，其實他也是擅長描寫男女與男男曖昧情愫的高手，對於鏡頭與畫面的掌握以及對情慾的渴望與煎熬都有明顯的個人特色。

影片描述離鄉多年的馬丁（Martín）返回熟悉的家鄉，但卻面臨無人可以依靠與求職不順的窘境，最後他前往一間鄉間的老別墅，並向屋主提出以修繕房子換取溫飽三餐的請求，但沒想到屋主艾赫尼歐（Eugenio）認出他們曾經是兒時玩伴，不但接受馬丁的要求，還想辦法幫他找到留宿之處。過了一段時間之後，原本在兩人曖昧關係中較為主動的艾赫尼歐卻拒絕了馬丁的親吻，使得兩人關係又退回原點。故事最後在幾張夏威夷首都檀香山（Honolulu）的老舊幻燈片中有了峰迴路轉的契機，而影片最後也在兩人彼此的目視與微笑中劃上了句點。

此片架構非常簡單，是屬於直線型的劇情發展（narración

lineal），兩個男演員與一棟老舊的花園別墅包辦了影片 95% 的場景。雖然兩個主角對同性情慾的探索與自身內在的壓抑是本片的重點，但導演也藉由此片帶出社會階級的議題，畢竟艾赫尼歐是馬丁的雇主，社會地位不同，加上在他叔叔的提醒下，他開始思考馬丁的接近究竟是單純的情愫或有金錢上的考量。

此片的片名 *Hawaii* 一直到影片的最後五分鐘才出現，雖然沒有清楚交代，但大致可以推敲出幾張在夏威夷檀香山拍的幻燈片是兩人過去的共同回憶，也是那幾張泛黃的幻燈片讓彼此終於卸下心防，將兩人關係推往下一個階段。金馬奇幻影展採用了「增譯」策略將片名翻譯為《我心遺忘夏威夷》，記得我在翻譯此片時，看到片名就讓我聯想到 2003 年由大塊文化出版社所發行的暢銷書《我的心遺留在愛琴海》（I Left My Heart in Agean Sea），也是因為此書讓我在 2006 年 8 月踏上那滿是藍與白的希臘小島聖多里尼（Santorini）。《我心遺忘夏威夷》保留了原片名的 *Hawaii*，再配合劇情增加了「我心遺忘」四個字，這是因為艾赫尼歐無意間在倉庫所發現的那幾張多年前在夏威夷拍的幻燈片，正好是兩人過去的共同回憶。事隔多年，也許兩人都忘了過去曾共同擁有的那趟夏威夷之旅，回到阿根廷後，都將心遺留在夏威夷了。

（四）西語影片與其中文片名之間的文化意象探討

《直不了的男孩》（*Pelo malo*）

在 2014 年，台北電影節有一部很有趣也很難得一見的委內瑞拉影片 *Pelo malo*，其英文片名 *Bad Hair* 是採取「直譯」的方式，意思大概是「壞的頭髮」或是「不聽話的頭髮」，觀眾應該會因片名對影片內容與調性感到相當好奇。這部影片描述的是九歲大的男孩朱尼爾（Junior）與個性剽悍的單親母親馬爾妲（Marta）以及未滿一歲的弟弟居住在首都加拉加斯（Caracas）一處龍蛇雜處、像極了鳥籠的集合式公寓所發生的故事。朱尼爾是個愛漂亮的男孩，整天和鄰居女孩玩在一起，無論走在路上或是跟母親搭公車時，他都喜歡哼著歌。隨著學校希望所有小朋友都能繳交一張自己照片的同時，朱尼爾最新的願望就是能穿上歌星服，替自己拍張歌星照交給學校。但他那一頭捲曲亂髮似乎成為他最大的煩惱，所以經常待在浴室很久的時間，只為了用髮蠟將自己的頭髮梳直。當母親發現自己兒子過度「愛漂亮」的同時也漸漸感到焦慮，不但開始斥責他，更不允許他玩弄髮夾、也不准他在浴室待太久、尤其更禁止他注視其他大男生。母親除了開始意識到兒子的性向問題，面臨失業的她還得擔心家裡經濟問題，因此母子關係日益緊繃，衝突一觸即發。

導演馬莉安娜・隆東（Mariana Rondón）在受訪時表示，

這部影片突顯的還有委內瑞拉的治安問題與社會問題，當然她認為最重要的還是想藉由這部作品喚起人們的性別認同議題以及尊重個別差異。相對於母親的潛意識恐同，朱尼爾的祖母反而還教孫子唱歌跳舞，幫他把捲髮梳直，甚至於還提到朱尼爾的爸爸就是太有男子氣概，才會去參與暴動最後導致死亡，所以不贊成媳婦對孩子有性別特質的要求。

影片 *Pelo malo* 在台灣翻成《直不了的男孩》，除了可以讓觀眾立刻知道這是一個講述小男孩的故事，其片名也做了非常成功的「意譯」，在不同國度間做了巧妙的文化轉譯。朱尼爾擁有一頭連他自己都受不了的超級捲髮，所以總喜歡在鏡子前用髮蠟將它梳直；另外，因為他老是喜歡從家裡客廳注視籃球場的鄰居大哥哥打籃球或換衣服，所以他媽媽也懷疑他的性向。「直不了」這三個字其實有雙重含義，除了頭髮「直不了」外，他的性向也「直不了」，因為在台灣我們說異性戀的男生是「異男」或是「直男」。因此《直不了的男孩》這個譯名的確可以引起觀眾的好奇心，而看完影片後更會對此譯名恍然大悟。

Capítulo 7

如何成為電影字幕譯者與西語電影字幕的審稿

（一）電影字幕譯者之人格特質

我有時在演講時會問大家，是否看過 2011 年由「超級男孩」（N Sync）樂團的主唱賈斯汀．提姆布萊克（Justin Timberlake）所演出的《鐘點戰》（*In Time*）？因為 2011 年剛好也是我開始做電影字幕翻譯的那一年，而這部電影讓我最有感的莫過於影片中每個人物的手臂上都有一個數位手錶，他們的時間不是往前走而是倒著走，也就是時間倒扣到最後就會無生命跡象，所以每個人都要想盡辦法去「賺」時間才能保命。雖然這比喻也許有點誇張，但對於電影字幕譯者而言，一接到發稿通知也決定接下該片的翻譯工作時，大概就進入「鐘點戰」的遊戲中了。

如同前面章節中提過的，一部影片的交稿期限通常只有 7 至 10 天，而我個人的習慣是選擇在 7 天內交稿，所以如果扣掉第一次看片（了解影片調性與歷史背景）與第三次看片（做最後檢查與修稿），其實真正可以翻譯的時間大概只有 5 天，因此這 5 天的時間安排就顯得非常重要，尤其不能剛好遇到身體不舒服或是家裡突然有急事。不過，如果真遇到

困難時，還是可以跟發稿單位聯繫，相信他們都可以給譯者多幾天的時間。

另外，有時候也會被問到，什麼樣的人適合做電影字幕翻譯呢？我大概整理出以下幾點以供參考：

1. 願意**挑燈夜戰**：如果是白天有正職工作的譯者，在這 7 至 10 天的期間，恐怕也只能利用晚上工作了；如果是有家庭要照顧的譯者，恐怕也只能挑燈夜戰了。依照我過去的經驗，在翻譯電影字幕期間，週一到週五我會利用晚上 8 至 12 點做翻譯，頂多是做到凌晨 1 點就得收工，畢竟隔天一早還得上班。所以如果你覺得下班之餘還得在家做另類加班很辛苦，那這個工作對你來說可能就不太適合了，不過其實也不用想太多，我都會告訴自己這只是偶發的狀況，並非常態，撐一下就過去了。
2. 願意**週末加班**：如果剛好翻譯期間遇到週末，那當然就是全心全意地加班工作了。其實我個人反而覺得週末工作很好，因為時間較長更適合專心思考，而不是像平日那樣只能利用晚上工作 4 小時左右。當然，接搞期間的週末最好都不要安排任何社交活動，就是專心做翻譯。依照我個人經驗，週末我平均每天工作時間大約是 6 至 8 小時，工作效率與進度會比平日好很多。

3. 願意**犧牲假期**：除了平日晚上與週末加班，有時候接片的時間如果剛好遇到國定假日也只能在家努力工作。不論是對於影展或影音公司，他們最大的忌諱就是拖稿，因為他們在接到完稿後還有很多後續工作待完成，尤其如果譯者接到的影片離預計上映日期較接近的話，拖稿恐怕會造成對方很大的困擾，我相信有一兩次拖稿紀錄的話，對方日後應該也不敢再找你合作了。依照我個人經驗，因為金馬奇幻影展都在每年四月份舉行，發翻日期會落在一月底或二月初，所以我有好幾年的農曆春節都是在翻譯影片中度過。但因為農曆春節是屬於家庭聚會的節日，所以除了家族聚餐之外，其他朋友邀約就一律先推掉。不過因為我在西班牙學的是電影，本身又喜歡翻譯，所以能在假期中做電影字幕翻譯倒也甘之如飴。
4. 可以**坐得住**：「坐得住」這三個字看似簡單但好像又不是那麼容易。因為電影字幕翻譯的交稿時間很短，所以分秒都很重要，如果你是屬於那種翻譯了 30 分鐘就會起來去冰箱翻個東西、去沙發坐坐、或轉開電視看一下的個性，那恐怕會把翻譯的壓力全壓縮到最後。我的建議是如果這部電影的腳本有 100 頁（有時候會更多），那最好規定自己如果沒特殊狀況的話，平均一天約須做 15 至 20 頁，把壓力均分掉，所以靜下心來完全投入做翻譯很重要。

5. **耐得住性子**：上面的「靜下心來」指的就是耐得住性子，其實現代人因過度使用手機，所以感覺專注力不夠，能夠集中精神做某件事的時間也減短了。這種過度依賴手機的現象不但在課堂上經常從學生身上看到，甚至連路上也四處可見，像是機車騎士或汽車駕駛在停紅綠燈時也會忍不住拿出手機來看一下。另外，如果遇到翻譯難度較高的影片（有可能是用字本身或是要查詢的資料較多），也要很有耐性地將翻譯工作完成。

6. **有耐心，不怕麻煩**：這裡的「不怕麻煩」指的是與發稿單位一起合作的「事後修稿」工作。誠如前面所提過的，譯者要對自己的成品抱有「售後服務」的精神，除了是對自己的作品（我都把每部翻完的電影視為自己的一個作品）負責任，也是為下一部作品鋪路做準備。因為如果做出自己的口碑，相信翻譯業界必會彼此探聽、口耳相傳，所以如果在交稿後突然接到發稿單位的來信詢問某些句子的意思，都必須不厭其煩地再次檢視或修改譯稿，因為這也是讓自己再次學習的機會。

（二）電影字幕譯者之基本涵養

我想不論是文學翻譯、影視翻譯或是其他類型的口筆譯工作，譯者的職責就是搭起兩個語言之間的橋樑，而基本涵養當然是對兩種語言充分的掌握度。雖然中文是我們的母語，但當我開始指導研究生或是審閱研究生的論文時才發現，儘管是母語，但每個人的中文理解能力與書寫能力參差不齊，這當中包含了段落、斷句、標點符號的使用、用字遣詞等。其實如果本身對翻譯有興趣，也希望未來能從事翻譯工作的話，那平常就需要加強自己的中文能力。我會建議如果對文學翻譯有興趣的人就大量閱讀中文文學或是翻譯文學（尤其後者更甚於前者），至於對電影字幕翻譯有興趣的話就大量觀賞電影，畢竟電影字幕所使用的文字與口氣真的和文學作品不太一樣。

另外就是要對兩個國家的文化、風俗民情有較深入的認識。如果是講政治議題的影片，我會建議先上網了解一下該國在那個年代的政治背景或是歷史演變。當然，我指的是翻譯難度較高或是自己比較不熟悉的歷史背景，如果不會太難的話就應該還好。而飲食文化方面，舉個簡單例子，以西班牙 paella 這個字來說，不少人會習慣直接翻成「西班牙海鮮飯」，但其實這並非完全正確，因為西班牙的 paella 分很多種口味，最基本的就有 paella de marisco（海鮮配料）、paella de pollo（雞肉配料）、paella de verduras（蔬菜配料），所以在翻譯時除非有特別說明是哪種口味，不然就統一翻成「西班牙燉飯」即可。

（三）西語電影字幕的審稿

談到西語電影字幕的審稿問題，還是會讓我回想起二十多年前，當時我想找合作的出版社，但部分出版社拒絕我的理由剛好就是：「不好意思，因為我們出版社沒有懂西班牙文的人，所以到時候可能會有審稿的問題。」其實我相信不只是西文，法文與德文應該都有相同的問題。

這十年下來，我還是非常感謝很多影展與影業公司願意也放心將西語影片交給我翻譯，因為這樣可以省略多一次的語言轉換，亦即不是由「西語 → 英語 → 中文」，而是直接由「西語 → 中文」。但面對交稿後的審稿工作時，發稿單位還是只能使用英文來審稿。但我覺得這麼多年下來，合作單位其實都很尊重譯者，在審稿過程中遇到疑惑時也都很客氣並樂意和譯者一起討論。所以身為電影字幕譯者，不要以為 7 到 10 天內交稿後就沒事了，秉持著對影片翻譯的熱忱與尊重，我們仍要有「售後服務」的觀念。至於這個「售後服務」的期間是多長呢？其實通常在交稿後的一個月內，發稿單位就會針對待釐清的句子與我聯絡，當然有時候也有可能超過一個月。我記得有幾次剛好在某段時間接的片子較多，所以當影展一個多月後再次跟我聯絡時，我必須仔細回想他們說的是哪一部影片以及是哪一段的內容。

這十多年的影片翻譯經驗下來，我把發稿單位的審稿過程歸納如下：

（1）全盤接受譯者的中文譯稿，也就是影片最後的中文字幕就是當時交稿的文字。

（2）由審稿者審查之後自行改稿，並不會再與譯者討論。

（3）發稿單位有疑問時，會來信和譯者討論待釐清的句子，詢問譯者的意見後提出他們新的譯句，並取得譯者最後的同意。

其實對譯者來說，（1）和（2）應該是最省事的，因為交稿後就沒有後續的討論與修改工作了。但其實若遇到第三種情況也不用太擔心或是怕麻煩，由於現在影展單位的工作夥伴都非常專業，他們來信時會清楚標示是針對哪一個句子有疑問，比方說時間碼（Timecode）是 01:15:18 到 01:15:35 的哪一個或是哪兩個句子，所以不用再看整部片，只需要針對有疑問的地方再看一次影片就好了。當然，這些有疑問的句子（通常不多，會在五個句子以內）就是當我的中文譯句和英文譯句有所出入時，對方必須再次確認，如果只是單純英文譯句與西文有所出入，只要跟對方說明西文的意思即可。

另外，最近幾年我為了節省雙方後續的討論時間，在翻譯影片時如果發現英文譯句和原來的西文有出入，我會直接在我的中文譯句後用括號加以標示，這樣對方在使用英文譯句對照我的中文譯句時就會清楚知道，也不用日後再來信詢問了。不過，還是提醒譯者們要對自己的「產品」有「售後服務」的精神，需要有耐心與發稿單位持續討論，才能讓觀眾看到最貼近原文的字幕與最完美的影片。

其實這幾年從事翻譯工作的伙伴，都會對越來越多翻譯軟體的出現感到些許擔心，甚至害怕被取代。以我個人經驗來說，儘管十年前翻譯軟體的種類與準確度的確和現在相差甚遠，但我還是樂觀認為（希望我是正確的）AI 是無法完全取代人類的。以電影字幕翻譯來說，尤其遇到文化議題的差異性而導致有些觀念與文字必須轉換時，還是需要有經驗的譯者，畢竟翻譯軟體翻譯的是表面，而譯者靠著本身的素養與涵養，翻譯的是較深層的知識。

Capítulo 8

擔任西語導演逐步口譯員與法院通譯人員之經驗分享

這十年期間，我也擔任過西班牙、玻利維亞、智利、哥倫比亞、委內瑞拉跟墨西哥等六國共十一位導演來台灣參加「高雄電影節」以及「台北電影節」的逐步口譯人員。沒錯，口譯工作之難度的確比筆譯高出許多，畢竟筆譯有時間思考，但口譯靠的是臨場反應，由於兩種語言會在腦中快速通過與轉換，所以聽力與專注力要夠、口語能力要強、反應要快、台風要穩、心情要鬆。當然，最重要的是事先的溝通工作很重要，有經驗的導演會很樂意跟口譯人員先溝通，比方達成共識，導演每說 5 句話就先停頓讓譯者翻譯。另外，自己對該部電影至少必須看過兩次以上，以防現場觀眾的提問過於仔細而不知道觀眾指的場景或是問題為何，這也是我自己所遇過的狀況。

另外，從我的工作經驗中，也觀察出許多專業的口譯譯者會隨身攜帶一本小筆記本，當導演說話時他們會一邊記下重點然後再翻譯。由於我並非專業譯者出身，所以我也曾經試著準備紙筆一面聽一面做筆記，但試了幾次之後，我發現這種方式並非適合每個人（至少對我而言有難度），因為當

我在寫東西的時候，耳朵似乎只能聽一半，反而會遺漏許多重點。所以之後我習慣先跟導演溝通，請他大概每講 5 至 6 句話就停下來讓我翻譯，幾次下來，我覺得效果都還不錯。我想無論是用哪一種方法都行，只要能把導演、該場次的主持人、現場觀眾口中的訊息盡可能完整地傳遞給對方即可。此外，如果協助翻譯的對象是拉美國籍的導演，也可以事先請導演放慢說話速度，我想如果目的是讓導演與觀眾能有良好的互動與理解彼此對該部電影的想法，所有導演應該都是很樂意的。

（一）高雄電影節

1. 擔任西班牙三位電影導演逐步口譯人員初體驗

在 2011 年時首次協助「高雄電影節」擔任三位西班牙短片導演的映後座談及頒獎典禮逐步口譯人員，當時因為是新手，所以對於（1）現場的場地規模、（2）現場觀眾人數、（3）主持人風格、（4）節目進行流程、（5）現場觀眾提問時間長短、（6）現場觀眾提問方式、（7）導演拍片手法、（8）

導演以往作品風格、（9）導演回答問題的時間長短、（10）導演回答問題的方式等都很陌生。照理說，第一次做現場大規模的逐步口譯工作應該會很緊張，但可能因為是第一次，感覺太興奮可以接下此工作，還有雄影的工作人員跟我說每一個場次有好幾個導演同時上場，所以除了主持人一定會提問之外，現場觀眾也不見得會針對西班牙導演的影片提問，因此在那次的口譯過程，無論是事前或是當下都不太緊張。但做過第一次之後，隔年又受雄影之邀擔任西班牙導演凱克．麥尤（Kike Maíllo）的口譯人員工作，倒是讓我比較戰戰兢兢了。

2. 西班牙「哥雅影展」新銳導演凱克．麥尤首次來台

自 1987 年起由西班牙藝術與電影學院（Academia de las Artes y las Ciencias Cinematográficas de España）於每年 1 月至 3 月所舉辦的「哥雅影展」（Premios Goya）為西班牙最大的影展。因為我每年會稍微留意一下當年度的得獎導演與影片，所以在 2011 年的 2 月就曾留意到當年度（第 26 屆）的最佳新銳導演獎（Mejor director novel）得主是出生於巴塞隆納（Barcelona）的導演凱克．麥尤（Kike Maíllo，全名為 Enrique Maíllo Iznájar），而他的獲獎影片《EVA 奇機世界》（*EVA*）是一部全西班牙，不，應該說全歐洲也難得一見的機器人科幻片。其實不只是西班牙，就算是整個歐洲都非常難得拍科幻片，更不用說以機器人為主角題材的影片更為罕見。

2012 年的 10 月，高雄電影節的工作人員與我聯絡，並說明當年度的開幕影片與大來賓正好就是我在網路上看到的凱克．麥尤與他的得獎影片《EVA 奇機世界》。一得知此消息真是既興奮又緊張，尤其除了電影節所安排的幾場活動外，雄影通知我還有校園活動也必須全程擔任他的口譯人員。收到試看片的當晚，還記得我在家裡客廳一面燙衣服一面看片，但開片不到五分鐘，我就把熨斗插頭拔掉坐到電視機前，因為光是片頭就太酷了，更不用說接下來的劇情發展與最後的大驚喜，讓我迫不及待想親眼目睹這位來自巴塞隆納的導演的作品，以及期待擔任他所有活動的隨行口譯。

通常擔任電影節的外國導演口譯員多數是在映後座談或是頒獎典禮，也就是口譯人員通常只會在活動前半個小時至一個小時之前才會見到導演本尊，然後活動結束後，口譯的工作也跟著告一段落。但因為那次凱克．麥尤是雄影的大來賓，活動安排也比較多，所以在他抵達台灣之前，我可是做足了功課，除了上網找一些資料，最慶幸莫過於當期的《世界電影》雜誌有這部影片與導演的報導，這對我而言可說是如獲至寶，讓我對這部作品有更深入的了解。還記得在那次的口譯工作即將告一段落前，我拿著畫滿螢光筆與做滿筆記的這篇報導給導演簽名，他也非常驚訝在台灣的知名電影雜誌居然有他的專題報導，並非常親切地幫我簽名與合影。

大概是因為事前做了不少準備工作，所以與凱克．麥尤一起工作的那幾天其實不太緊張，當然另一方面也是因為這位西班牙新銳導演完全沒架子，而且個性活潑且配合度極高。當時我在第一場之前就先與他溝通好，他大概每講 5 句話就會先停下來讓我翻譯，我想這一點很重要，因為有些比較沒經驗的導演會連續講了一長串之後才讓口譯員翻譯，這不但考驗口譯員做筆記的能力或腦中的短暫記憶力，而且壓力也會變很大。由於我不是學翻譯出身的，所以在做逐步口譯的路上我盡可能抱持著學習的心態。至於觀眾的提問有什麼特色呢？其實多數觀眾都會直接提問（通常是一個或兩個問題，到目前為止沒有遇過觀眾一口氣提三個問題），而且不會講太多跟電影無關的話，所以只要將觀眾的提問轉述給導演即可。但我記得 2012 年《EVA 奇機世界》那一場放映真的是滿座，連前三排幾乎都坐滿了，所以當我跟導演在影片播放完畢走進去開始映後座談時，看到當時喜滿客影城的最大廳坐滿了約 250 至 300 人，其實壓力還不小，尤其台下也不乏有常看電影、對電影有鑽研的觀眾，其中有些提問其實也是頗具深度的。但我特別記得那一場，有一位觀眾站起來後滔滔不絕地講了將近三分鐘，而我也盡可能將我聽到的轉述給導演知道，但就在我跟導演都很認真想知道她的問題為何時，最後她才說以上都是她個人的觀影心得，沒有特別想問導演的，導演看著我露出了尷尬的微笑。另外，還有在不同場合，但觀眾有些提問是一樣的，所以導演也很俏皮地跟我說，以後遇到這種狀況你直接幫我回答好了，可以不用翻譯給我聽了。

此外，影展的每一場映後座談一定會有主持人，而在讓觀眾開始提問之前，主持人通常會先介紹導演並提出一兩個問題。在我做了幾場口譯工作比較有經驗之後，我會提前至少半小時到會場並想辦法先跟該場次的主持人聊聊，也大概了解一下接下來的節目流程以及大概會問什麼問題。通常主持人對口譯人員都非常客氣，他們也知道事前的溝通很重要，這點倒是無須擔心。

3. 關注玻利維亞礦工生活的導演基羅・魯索（Kiro Russo）

2012 年除了在高雄電影節擔任導演凱克・麥尤的隨行口譯人員之外，同時也擔任來自玻利維亞短片導演基羅・魯索的映後座談及頒獎典禮逐步口譯人員。在頒獎典禮之前，我與導演聊了一下玻利維亞的拍片情形，他提到其實在玻國拍片真的很不容易，因為政府的首要任務是照顧國內的貧窮人口，先想辦法解決民生問題，所以根本無暇編列預算來補助拍片，所以對他們而言拍片不難，難的是籌措經費來源。

令人開心的是那一年的最佳國際短片最後頒給了基羅・魯索（是一部關注礦工問題的短片），當他知道獎金是一萬美金時感到非常驚喜，還再次跟我確認真的是一萬美金嗎？工作結束後，我問他要怎麼慶祝或是想買什麼，他笑笑說這筆錢很寶貴，他會留著當作拍攝下一部影片的經費。

後來我在 2017 年的高雄電影節與 2022 年的台北電影節又分別翻譯到基羅・魯索的長片：《玻利維亞幻夜之光》（*Viejo calavera*）與《拉巴斯浮世繪》（*El gran movimiento*），才發現他真的是一位長期關注玻利維亞礦工生活的導演。因為在這兩部影片中，他以更深入、更具人道關懷精神的角度來關心當地礦工的生活，以及年輕人在找不到更好的工作下只好從事開採礦產工作的無奈。

4. 拉美不同國家導演的口音以及哥倫比亞策展人的幸運小指

之前曾提過在翻譯拉美國家影片時，偶爾會遇到劇中人物講克丘亞語（Quechua，南美洲原住民的一種語言），這時候真的只能仰賴英文字幕來協助我翻譯。但如果同樣以西班牙語來說，我倒是認為有時候阿根廷跟智利的發音會讓我覺得有些難懂。2017 年高雄電影節請我擔任智利導演阿瓦洛・穆謬斯（Álvaro Muñoz，同時也是智利荒漠詩人）的逐步口譯員，導演人非常客氣且有禮貌，因為他們都知道口譯員是影展專門聘請來協助他們的。不過在上台前我跟導演閒聊時發現我需要適應一下他的發音，但因為沒有時間了，所以有先徵詢他等一下上台後可否將講話速度放慢些，當然導演也很樂意地答應了。因此如果在工作中發現對方的發音或口音是譯者不熟悉的，真的不要怕不好意思，可以請對方講慢一點，畢竟讓導演與觀眾達到真正的交流才是我們譯者工作的主要責任與目的。

另外，在同一年的高雄電影節，我也協助了兩位來自哥倫比亞的導演亦是波哥大國際影展（Festival de Cine de Bogotá）策展人海梅・曼立奎（Jaime Manrique）以及璜・瑪奴爾・貝坦克爾（Juan Manuel Betancour）的映後座談口譯工作。這兩位導演第一眼給我的印象就是前衛、非傳統、風趣甚至有點瘋狂，光從外表就很容易猜出他們是電影工作者，真的是全身上下散發出滿滿的藝術氣息。而讓我印象最深刻的，除了他們對電影的堅持與執著，兩位導演還希望現場觀眾可以舉起雙手比出小指，因為這在他們國家是代表好運（suerte）的意思。

（二）台北電影節

2019 年七月，我也應台北電影節邀請，擔任來自委內瑞拉與墨西哥兩位女性導演的口譯工作。由於她們執導的這兩部影片的字幕都不是我翻譯的，所以非常有經驗的北影工作人員提前一星期已先將兩部影片的連結寄給我。我想這是非常有必要的，而且我在上場前看了兩遍，因為如果沒仔細看過影片的話，恐怕無法了解台下觀眾在問什麼，或是導演在解釋什麼。

1. 強調性別認同的紅髮女導演巴德莉西亞・歐德嘉（Patricia Ortega）

其實當我在台北電影節的會場第一眼看見遠從委內瑞拉來的導演巴德莉西亞・歐德嘉時覺得有點距離感，可能是因為她那一頭紅髮有點過於前衛。但人不可貌相，沒想到導演聲音很細，講話輕聲細語也很溫柔。巴德莉西亞導演藉由作品《性不性不由你》（*Yo, Imposible*）敘述在多元性別的權益受到不平等對待的委內瑞拉，人們在面對自我認同時所遭遇的阻礙與困境，同時也細膩描繪出主角在面對自己身體變化與情感時的無比勇氣，最後點出那絕非二元對立的其他多元可能性。

另外，我也發現台北電影節的觀眾很踴躍發言，不過也可能是因為現場觀影的人數較多，時間到了還有很多人想提問，所以這時候主持人會將場子拉到場外，再安排另外大約 30 分鐘讓觀眾排隊發問以及與導演合照，那當然這時候還是口譯人員的工作。不過我發現其實觀眾的提問真的頗具深度，畢竟每個人看電影的角度不同，這或許和個人的經驗有關，也或許是將自己的情緒投射於劇中某個人物上。總之，如果保持開放的態度，其實也可以從觀眾的提問中學到些東西。

2. 受到媒體與觀眾關愛的莉拉．阿比雷斯（Lila Avilés）

墨西哥女性導演莉拉．阿比雷斯在受訪時曾坦言，她長期以來都非常關注飯店女服務生的工作環境與生活型態，因此藉由《厭世女傭日記》（*La camarista*）一片對她們的生活做更深刻的刻畫與探討。電影描述位於墨西哥市的五星級飯店，外貌光鮮亮麗，但對女服務人員而言卻猶如一個高級牢籠，房客與清潔人員代表的是兩種截然不同的社會階層，彼此的關係客氣卻很有距離。導演利用此片向飯店清潔人員致上最大敬意，同時也展現個人對墨西哥女性勞工的關懷。在那次的翻譯過程中，我發現莉拉導演清新亮麗的外表自然吸引了許多觀眾要求合影，當然觀眾在映後座談中的提問也是此起彼落、絡繹不絕，尤其此片更受到某電子媒體的青睞而派人前來做專題報導。

前面曾提過翻譯文學作品的稿費是以字數計算，而影片的翻譯是以句數計算，至於電影節口譯工作的酬勞則是以時數計算，平均大約是 1500 到 2000 元左右，不過影展單位都很大方，工作不到一小時還是會以一小時的酬勞計算。若是遇到有媒體前來專訪導演的話，每小時的口譯費用大約會是兩倍，但我想各家媒體都有自己的經費預算，我說的兩倍酬勞僅供參考。

（三）法院通譯人員（西語）經驗分享

最後，對於口譯工作抱有熱忱的人，也可以留意法院的資訊，進而報考成為「法院通譯人員」。我在 2022 年五月份左右得知臺灣高等法院高雄分院正在招攬西語以及其他語言的通譯人員，雖然覺得這份工作應該有難度（畢竟自己沒有法律背景與常識，加上直覺上法律的西語用字應該會很艱深），但我還是盡力備妥資料、嘗試報名、靜候審查結果。

如果對法院通譯人員有興趣的話，可以留意一下台北或是高雄法院的相關訊息。前後總共有四關，在第一關的書面審查中須留意的是擁有該外國語言的語言檢定證書，待資料審核通過後會收到法院的正式來文，等候安排第二關的中文程度測試，其中包含聽力測驗、閱讀能力測驗、口試（三位口試官），經測試合格後同樣也會收到法院的正式來文，等候參加第三關的教育訓練，而在完成三整天的教育訓練並通過第四關法律常識口試者（安排在第三天下午的最後一關），才能被聘任為法院的通譯人員。但這張合格證書並非永久有效，而是只有兩年的時效性，因此當我去參加教育訓練的那幾天，才發現有不少學員已經是法院的合格通譯，只不過因為證書的兩年期限快到了，所以再次回來上課受訓並取得證書。另外，倘若想了解在台灣的各個語言有多少通譯人員，只要上司法部網站，在「便民服務」下搜尋「特約通譯專區」，然後在專區中找尋「特約通譯名冊」，選取不同語言即可得知。

為期三天的教育訓練其實很扎實，講者都是很專業的科長、庭長、法官、大學教授，如果認真聽課的話的確可以學到許多法律的基本常識。而且其實不認真聽課也不行，因為第三天下午的口試題目（三位口試官）都是從上課內容中截取。上課內容包括：民事法律常識、少年及家事審判程序、行政訴訟法律常識、行政訴訟審判程序、民事審判程序、刑事法律常識、刑事審判程序、法院業務簡介、傳譯之專業技能及倫理責任。每一位講者都解釋得很清楚，盡量用最簡易的方式讓學員在短時間內吸收基本的法律常識，而三天下來的講義很多，所以為了通過考試，每天晚上我都會複習一下當天的授課內容，只能說讀多少算多少、背多少算多少了。如果順利通過最後一關的口試，大約會在一個半月後拿到正式的「特約通譯合格證書」。

有些朋友會好奇擁有這張「特約通譯合格證書」的實用性有多少？說白了就是在台灣有多少西語母語人士會因觸法而最後走上法院的司法程序。其實我當時報名的初衷很單純也沒想太多，只是設想如果某位居住在國外的台灣人因不小心觸法而走上法庭，這時候如果有一個會講中文的人士能在旁邊翻譯，至少會讓那個台灣人比較安心，也比較能適時表達並還原當時的過程。

以我的情況而言，到目前擔任過四起案件的通譯，分別是臺南地方法院、臺中地方法院、臺灣橋頭地方檢察署、高雄某派出所。每一次進到這些場所，都會被裡面的莊嚴肅穆氣氛感到些許震撼，到處可見穿法袍的法官、檢察官、律師、書記官，法袍的底色都是黑色，但在衣服的領口一路到底會有不同的鑲邊顏色，法官是藍色，檢察官是紫色，律師是白色，書記官是黑色。

通常在開庭前，法院會詢問當事人是否需要通譯人員協助，如果當事人覺得有需要的話，法院會從司法部的網站去找該縣市或鄰近縣市的通譯，然後由書記官與通譯聯絡。一旦敲定時間，大約在一週左右就會接到正式的書信通知，上面會清楚載名案號、案由、應到日期與時間、應到處所、主旨、備註，而應到處所除了地址外，還包含報到地點（如：請至法警室刑事報到處報到）。

其實在法庭上通譯人員有自己的位子，但依照我個人經驗，通常通譯會被安排直接坐在外籍人士旁邊就近協助翻譯。而值得一提的是在開庭之前，法官或檢察官會要求通譯人員當眾唸一張「通譯結文」並簽名。這個動作其實很慎重，內容大致是在翻譯過程中須具實陳述，如有虛偽陳述之情況，則必須接受偽證之處罰。至於酬勞的部分共分成三項，交通費（憑票根實報實銷）、出席費（每一場固定 500 元）、翻譯費（由承辦法官或是檢察官得視傳譯內容之繁簡以及特約通譯之語言能力、所費時間、勞力之多寡，於 1000 至 5000 元之範圍內支付）（以上資料網路上都可以查詢得到）。至於如果是一般派出所的話，一小時之內的酬勞是 600 元，雖然不多（因為他們需要通譯的機會不多，所以編列的經費預算也比較少），但如果是秉持著去協助釐清案情的話，其實就不用太在意了。無論如何，與翻譯小說或是電影字幕相比較，法院特約通譯的好處是當天就可以領到酬勞。還記得去臺南地方法院擔任通譯那一次，因為第一次開庭雙方對於調解金額無法達成協議，所以法官安排雙方先進入調解庭，等到達成協議後再二度出庭。那次因為前面的案子很多，所以開庭時間有些延後，所以快到五點半時，法官很貼心地跟我說：「通譯先生，因為我們的出納快下班了，所以你趕快去領你今天的酬勞。」至於臺中地方法院那一次，因為是行車糾紛，所以法院支付我高鐵來回的費用，而高鐵站到法院的來回計程車費用則由原告的保險公司支付。

另外，在開庭前幾天，我也習慣致電給書記官詢問當天我通譯的對象是哪一國人，因為誠如之前提過的，每個拉丁美洲國家的口音會有點差異，事先知道國別只是讓自己有點心理準備。至於案情部分，雖然在接獲通知書時上面有載明案由，比方說「肇事逃逸」，但我也習慣大略詢問書記官案由以及出庭可能所需時間，但不至於問太細。

至於法院通譯的內容難度，其實我覺得多數情況不至於太難，主要是協助翻譯法官、檢察官、刑警、原告以及被告的說話內容，可能會先針對當時案發過程再次確認，接下來是調解程序，然後是審判結果。因為法官跟檢察官都已經很有經驗，所以他們也會放慢說話速度，每講幾句話左右就會先暫停請通譯進行翻譯。另外，在開庭之前，我也會先在庭外讓外國人士知道我的身分以及當天出席的目的主要是擔任他們的通譯，因此他們對我的態度也都非常客氣。所以我覺得法院通譯人員的工作內容難度，儘管挑戰度高卻沒有想像中複雜，而且可以增加自己除了在一般翻譯以外的另一類實務經驗，也可以獲得一些基本的法律常識，有興趣的朋友可以多留意相關訊息。

最後我想說的是……

翻譯不只是單純兩種語言的轉換工作，語言既然是文化組成的一部分，自然會受到文化的影響與制約。在西語電影字幕翻譯過程中，除了必須能掌握中文與西文兩種語言外，熟悉導演的風格與電影語言的重要性更不在話下，譯者對某段文字理解的正確與否，在某種程度上其實是取決於個人對該國文化的瞭解。以西班牙語而言，西班牙的西語和拉丁美洲的西語有諸多不同之處，就連拉美各國的用字和語法也存在一些差異。因此，對於譯者而言，若沒有兩種語言文化的對比知識涵養，就無從談起對語言文字的正確理解，更遑論可做出一份好的翻譯作品。

文學翻譯與電影字幕翻譯的工作各有甘苦，筆譯與口譯的工作也有各自的魅力。對於熱愛或想嘗試翻譯工作的讀者們，我想說的是有機會就去做，不論是翻譯文件、護照、各種證書等等。凡走過必留痕跡以及水到渠成一直是我堅信的，再小再容易的翻譯工作都將成為未來難度更高的翻譯工作的基石，所以不要害怕嘗試，也無須太計較工作酬勞（只要不是過低應該都可以接受），從錯誤中學習才是大勇的表現。

其實兩種語言的轉換工作一直存在於你我的日常，翻譯就如同教學一樣，它真的是一份良心事業，因為無論是小說或是影片，只有透過你構思之後的筆下文字才能傳遞給所有讀者或觀眾，我認為光想到這點就該把全部的責任都背負在肩上了，而且只有做好第一份翻譯工作才有得到第二份翻譯工作的可能性，由一點一點慢慢連成一條線，由多條線慢慢鋪成一個面，我想點、線、面的道理就在於此。

附錄：102 部由我翻譯的電影資料

編號	中文片名	西文片名	發行國家	導演	影展（影音公司）
1	親愛的別怕	No tengas miedo	西班牙	Montxo Armendáriz	2011 台北金馬影展
2	切膚慾謀	La piel que habito	西班牙	Pedro Almodóvar	2011 台北金馬影展（Catchplay 威望國際股份有限公司）
3	魔咒手風琴	Los viajes del viento	哥倫比亞	Ciro Guerra	2011 台灣拉美影展（台北光點影展）
4	移工哀歌	Bolivia	阿根廷	Adrián Caetano	2011 台灣拉美影展（台北光點影展）
5	死不了的阿璜	Juan de los muertos	古巴	Alejandro Brugués	2012 金馬奇幻影展
6	幸不幸由你	La chispa de la vida	西班牙	Álex de la Iglesia	2012 金馬奇幻影展
7	瘋狂救世主	El día de la bestia	西班牙	Álex de la Iglesia	2012 金馬奇幻影展
8	時代啟示錄	También la lluvia	西班牙	Icíar Bollaín	台北光點影展－大開影界（Catchplay 威望國際股份有限公司）
9	歡迎來電光臨	Porfirio	哥倫比亞	Alejando Landes	2012 台北電影節
10	小鎮狼人變變變	Lobos de Arga	西班牙	Juan Martínez Moreno	2012 高雄電影節
11	薄霧微光	La sirga	哥倫比亞	William Vega	2012 台北金馬影展

編號	中文片名	西文片名	發行國家	導演	影展（影音公司）
12	左派教慾	El estudiante	阿根廷	Santiago Mitre	2012 台北金馬影展
13	夜色降臨之前	La noche de enfrente	智利	Raúl Ruiz	2012 台北金馬影展
14	愛不宜遲	La demora	烏拉圭	Rodrigo Plá	2012 台北金馬影展
15	我的雙面童年	Infancia clandestina	阿根廷	Benjamín Ávila	2012 台北金馬影展
16	露西亞離開之後	Después de Lucía	墨西哥	Michel Franco	2012 台北金馬影展
17	你快樂，所以我不快樂	Mientras duermes	西班牙	Jaume Balagueró	2013 金馬奇幻影展
18	天使三人行	El sexo de los ángeles	西班牙	Xavier Villaverde	2013 金馬奇幻影展
19	謎樣的慾望	El resquicio	哥倫比亞	Alfonso Acosta	2013 台北電影節
20	維多快跑	7 cajas	巴拉圭	Juan Carlos Maneglia / Tana Schémbori	2013 高雄電影節
21	小蝦米的逆襲	Workers	墨西哥	José Luis Valle	2013 台北金馬影展
22	飛常性奮！	Los amantes pasajeros	西班牙	Pedro Almodóvar	Catchplay 威望國際股份有限公司
23	女巫不該讓男人流淚	Las brujas de Zugarramurdi	西班牙	Álex de la Iglesia	2014 金馬奇幻影展
24	我心遺忘夏威夷	Hawaii	阿根廷	Marco Berger	2014 金馬奇幻影展

編號	中文片名	西文片名	發行國家	導演	影展（影音公司）
25	直不了的男孩	Pelo malo	委內瑞拉	Mariana Rondón	2014 台北電影節
26	去她的第二春	Gloria	智利	Sebastián Lelio	2014 台北電影節
27	馬德里獨白	Este es Roberto Delgado	西班牙	Javier Loarte	2014 台灣國際紀錄片影展
28	街頭的唐吉訶德	Manifestación	西班牙	Viktor Kossakovsky	2014 台灣國際紀錄片影展
29	火山好日子	Cochihza	尼加拉瓜	Khristine Gillard	2014 台灣國際紀錄片影展
30	追心批頭四	Vivir es fácil con los ojos cerrados	西班牙	David Trueba	2014 高雄電影節
31	凌刑密密縫	Musarañas	西班牙	Juanfer Andrés	2015 金馬奇幻影展
32	老死不相好	No todo es vigilia	西班牙	Hermes Paralluelo	2015 台北電影節
33	夢遊亞馬遜	El abrazo de la serpiente	哥倫比亞	Ciro Guerra	2015 台北金馬影展
34	平行時空遇見你	Mariposa	阿根廷	Marco Berger	2015 台北金馬影展
35	命懸六百哩	600 millas	墨西哥	Gabriel Ripstein	2015 台北金馬影展
36	內莉妲的祈禱	Hija de la laguna	祕魯	Ernesto Cabellos	2016 台灣國際紀錄片影展
37	殺人小事	Aquí no ha pasado nada	智利	Alejandro Fernández Almendras	2016 台北電影節
38	第十個抬棺人	El rey del Once	阿根廷	Daniel Burman	2016 台北金馬影展
39	布宜諾斯艾利斯夜無眠	La larga noche de Francisco Sanctis	阿根廷	Andrea Testa / Francisco Márquez	2016 台北金馬影展
40	別離開我	No me quites	西班牙	Laura Jou	2016 台灣國際女性影展

編號	中文片名	西文片名	發行國家	導演	影展 （影音公司）
41	媽媽的大兒子	Casa Blanca	古巴	Aleksandra Maciuszek	2016 台灣國際女性影展
42	男色假期	Taekwondo	阿根廷	Marco Berger	2017 金馬奇幻影展
43	漫漫憤怒道	Tarde para la ira	西班牙	Raúl Arévalo	2017 金馬奇幻影展
44	烏脫邦	Los decentes	阿根廷	Lukas Valenta Rinner	2017 台北電影節
45	人生未來完成式	El futuro perfecto	阿根廷	Nele Wohlatz	2017 台北電影節
46	抓狂酒吧	El bar	西班牙	Álex de la Iglesia	2017 台北電影節（東昊影業有限公司）
47	玻利維亞幻夜之光	Viejo calavera	玻利維亞	Kiro Russo	2017 高雄電影節
48	人生，未完成（短片）	Dos Icebergs	智利	Álvaro Muñoz	2017 高雄電影節
49	當子彈退出肉身（短片）	Las balas salen de las carnes	智利	Álvaro Muñoz	2017 高雄電影節
50	花生了女孩（短片）	Flores	哥倫比亞	Marcela Gómez Montoya	2017 高雄電影節
51	隧道內的愛情對白（短片）	7Ún31	哥倫比亞	Klych López	2017 高雄電影節
52	叛變成人式（短片）	Los Kaotikos	哥倫比亞	Mauricio Leiva-Cock	2017 高雄電影節
53	戀兔不求售（短片）	Conejos para vender	哥倫比亞	Esteban Giraldo	2017 高雄電影節
54	艷光家族秀（短片）	El quimérico espectáculo de los Bizzanelli	哥倫比亞	Omar Eduardo Ospina	2017 高雄電影節
55	青春陰暗面（短片）	Dark	哥倫比亞	Federico Durán	2017 高雄電影節

編號	中文片名	西文片名	發行國家	導演	影展（影音公司）
56	大人的模樣	Los niños	智利	Maite Alberdi	2017 台灣國際女性影展
57	羅薩里奧的抉擇（短片）	Rosario	墨西哥	Marlén Ríos-Farjat	2017 台灣國際女性影展
58	超榮譽市民	El ciudadano ilustre	阿根廷	Mariano Cohn / Gastón Duprat	2017 台北金馬影展
59	該死的上帝	Matar a Dios	西班牙	Caye Casas / Albert Pintó	2018 金馬奇幻影展
60	命運小說家	El autor	西班牙	Manuel Martín Cuenca	2018 金馬奇幻影展
61	這是我喜歡的方式 2	Como me da la gana II	智利	Ignacio Agüero	2018 台灣國際紀錄片影展
62	走出安樂鄉	Jauja	阿根廷 丹麥	Lisandro Alonso	2018 台北電影節
63	花漾奶奶爭屋記	Violeta al fin	哥斯大黎加 墨西哥	Hilda Hidalgo	2018 台北電影節
64	白色的南方	La omisión	阿根廷	Sebastián Schjaer	2018 台北電影節
65	讓我沉入海底的抓狂小事	El fondo del mar	阿根廷	Damián Szifron	2018 台北電影節
66	神秘高峰會	La cordillera	阿根廷	Santiago Mitre	東昊影業有限公司
67	惡童無懼	Vuelven (Los tigres no tienen miedo)	墨西哥	Issa López	2018 台北金馬影展
68	安地斯噤戀	Retablo	祕魯	Álvaro Delgado-Aparicio	2018 台北金馬影展
69	寂寞離航中	Las herederas	巴拉圭	Marcelo Martinessi	2018 台北金馬影展

編號	中文片名	西文片名	發行國家	導演	影展（影音公司）
70	魔性的呼喚	Muere, monstruo, muere	阿根廷	Alejandro Fadel	2018 台北金馬影展
71	愛・牧	Nuestro tiempo	墨西哥	Carlos Reygadas	2018 台北金馬影展
72	寶拉不是你的孩子	Virus tropical	哥倫比亞	Santiago Caicedo	2018 高雄電影節
73	黑色瑪莉亞（短片）	La Virgen Negra	哥倫比亞	Juan Pablo Caballero	2018 高雄電影節
74	來自大海的陌生來電（短片）	Uno	西班牙	Javier Marco	2018 高雄電影節
75	加州情懷（短片）	Las Vegas	西班牙	Juan Beiro	2018 高雄電影節
76	八月的太陽（短片）	Sol de Agosto	阿根廷	Franco Volpi	2018 高雄電影節
77	假面天后	¿Quién te cantará?	西班牙	Carlos Vermut	2019 金馬奇幻影展
78	愛在時光倒轉時	Sin fin	西班牙	César Esteban Alenda / José Esteban Alenda	2019 金馬奇幻影展
79	花系列（15 小時超長片）	La flor	阿根廷	Mariano Llinás	2019 金馬奇幻影展
80	賭命大富翁	Animal	阿根廷	Armando Bó Jr.	東昊影業有限公司
81	惹火我，燒了你	Nona. Si me mojan, yo los quemo	智利	Camila José Donoso	2019 高雄電影節
82	這不是地下社會	Esto no es Berlín	墨西哥	Hari Sama	2019 高雄電影節
83	世紀末遇見你	Fin de siglo	阿根廷	Lucio Castro	2019 台北金馬影展
84	浮山若夢	La cordillera de los sueños	智利	Patricio Guzmán	2019 台北金馬影展

編號	中文片名	西文片名	發行國家	導演	影展（影音公司）
85	無名之歌	Canción sin nombre	祕魯	Melina León	2020 台北電影節
86	拾魂	Tantas almas	哥倫比亞	Nicolás Rincón Gille	2020 台北電影節
87	暗夜啟示錄	Los conductos	哥倫比亞	Camilo Restrepo	2020 台北電影節
88	夢遊潛水艇	Chico ventana también quisiera tener un submarino	烏拉圭	Alex Piperno	2020 台北電影節
89	長夜驚魂	La mala noche	厄瓜多	Gabriela Calvache	2020 台灣國際女性影展
90	愛獄王子	El príncipe	智利	Sebastián Muñoz	2020 台北金馬影展
91	沉默代號 Azor	Azor	阿根廷 法國 瑞士	Andreas Fontana	2021 台北電影節
92	春日將盡	La última primavera	西班牙	Isabel Lamberti	2021 台灣國際女性影展
93	闇夜凝視	Visión nocturna	智利	Carolina Moscoso	2021 台灣國際女性影展
94	噤聲電台	Silencio radio	墨西哥 瑞士	Juliana Fanjul	2021 台灣國際女性影展
95	姥姥惹人愛	La nave del olvido	智利	Nicol Ruiz Benavides	2021 台灣國際女性影展
96	接線員（中翻西）	La recepcionista	台灣	盧謹明	國家電影及視聽文化中心
97	划船（中翻西）	Paseo de barca	台灣	王希捷	國家電影及視聽文化中心
98	非甜蜜生活	Tre Piani	義大利	Nanni Moretti	東昊影業有限公司
99	拉巴斯浮世繪	El gran movimiento	玻利維亞	Kiro Russo	2022 台北電影節

編號	中文片名	西文片名	發行國家	導演	影展（影音公司）
100	獄見妳，愛上你	Josefina	西班牙	Javier Marco	2022 台北電影節
101	碎裂的風景	Esquirlas	阿根廷	Natalia Garayalde	2022 台灣國際女性影展
102	老少女遊歐記（短片）	Las visitantes	西班牙	Enrique Buleo	2022 高雄電影節

參考文獻

方梓勳，Let the words do the talking: The nature and art of Subtitling《第二屆兩岸三地中華譯學論壇研討會》，台北：輔仁大學翻譯研究所，2006。

尼爾．藍道（Neil Landau），《好電影的法則：101 堂電影大師受用一生的 UCLA 電影課》，台北：原點出版，大雁文化發行，2013。

李運興，<字幕翻譯的策略>，中國：《中國翻譯》第四期，2001。

區劍龍，<香港電視字幕初探>，收錄於劉靖之編，《翻譯新論集》，香港：商務印書館，1991。

許惠珺，《這樣學翻譯就對了：口譯、筆譯、影視翻譯實用秘笈》，台北：道聲出版社，2011。

謝紅秀，《譯者的適應和選擇：中國影視翻譯研究》，台北：崧博出版事業有限公司出版，財經錢線文化有限公司發行，2019。

國家圖書館出版品預行編目資料

西班牙語翻譯實務學：在翻譯了 100 部西語電影之後 / 林震宇著
-- 初版 -- 臺北市：瑞蘭國際, 2023.12
160 面；14.8 × 21 公分 --（外語達人系列；27）
ISBN：978-626-7274-74-3（平裝）
1. CST：西班牙語　2. CST：翻譯

811.7　112019935

外語達人系列 27

西班牙語翻譯實務學：
在翻譯了 100 部西語電影之後

作者｜林震宇
責任編輯｜葉仲芸、王愿琦
校對｜林震宇、葉仲芸、王愿琦

封面設計｜劉麗雪
版型設計、內文排版｜陳如琪

瑞蘭國際出版
董事長｜張暖彗 ・ 社長兼總編輯｜王愿琦
編輯部
副總編輯｜葉仲芸 ・ 主編｜潘治婷
設計部主任｜陳如琪
業務部
經理｜楊米琪 ・ 主任｜林湲洵 ・ 組長｜張毓庭

出版社｜瑞蘭國際有限公司 ・ 地址｜台北市大安區安和路一段 104 號 7 樓之一
電話｜ (02)2700-4625・ 傳真｜ (02)2700-4622・ 訂購專線｜ (02)2700-4625
劃撥帳號｜ 19914152 瑞蘭國際有限公司
瑞蘭國際網路書城｜ www.genki-japan.com.tw

法律顧問｜海灣國際法律事務所　呂錦峯律師

總經銷｜聯合發行股份有限公司 ・ 電話｜ (02)2917-8022、2917-8042
傳真｜ (02)2915-6275、2915-7212・ 印刷｜科億印刷股份有限公司
出版日期｜ 2023 年 12 月初版 1 刷 ・ 定價｜ 380 元 ・ISBN ｜ 978-626-7274-74-3

瑞蘭國際

瑞蘭國際